I0518786

Wo seid ihr alle, meine Lieben?

Benno Benito

Copyright © 2016

Wo seid ihr alle, meine Lieben?

SECOND WIND PRESS
United Kingdom

Umschlaggestaltung Sebastian Braun, London,
UK
http://www.sebbraun.co.uk/

Alle Rechte vorbehalten.

Nachdrucke, in Teilen oder zur Gänze, in
jeglichem Medienformat nur mit ausdrücklicher
Genehmigung des Verlags.

Published in Great Britain by SECOND WIND
PRESS
Kontakt: astrocoach@fastmail.fm

ISBN 978-0-99287 10-4-8

BEKENNTNIS

The world was on fire and no one could save me but you.
It's strange what desire will make foolish people do.
I never dreamed that I'd meet somebody like you.
And I never dreamed that I'd lose somebody like you.

(„Wicked Game", Chris Isaak)

Auf Deutsch, kurz zusammengefasst:

Ich habe keine Ahnung, warum ich so süchtig nach Frauen bin.

1.

In meiner Kindheit waren die Winter so kalt, dass selbst die Telefongespräche in den Leitungen einfroren. Monatelang hing eine graue Wolkenplatte über dem Land, die nur selten eine Ahnung von Sonne durchließ. Als ich drei oder fünf Jahre alt war und zum ersten Mal eine Palme auf einer Postkarte sah, kam ganz spontan ein Aufschrei aus meiner mageren Brust: „Dort muss ich hin!"

Niemand beachtete mich. In unserer Familie war es bereits eine Staatsaffäre, in das nächste Dorf zu ziehen. Die Vorfahren meiner Mutter stammten aus dem Mittelmeerraum, was sich nur noch in unseren Menüs bemerkbar machte. Mein Großvater war gebürtiger Schotte, weshalb wir zu Hause gelegentlich Englisch sprachen.

In meinem Blut machten sich allerdings stärker die mütterlichen Gene bemerkbar. In den kalten, finsteren Norden hat es mich nie gezogen. Allein der Gedanke an südländische Helle genügte, um meiner latenten Traurigkeit das Wasser abzugraben.

Mein erstes Schlüsselerlebnis hatte ich im Alter von acht Jahren. Bis dahin hatte mich ein Nachbarsbub namens P. regelmäßig gequält.

Er war ein hochgeschossener Zornesteufel, dünn und blutarm. Ich war sicher stärker als er, wagte es aber nicht, mich zu wehren. Sein hemmungsloser Zorn beeindruckte mich bis zur Lähmung. Wann immer er einen seiner regelmäßigen Wutanfälle hatte, war ich das vorbestimmte Opfer – ich versuchte nicht einmal, wegzurennen.

Das Blatt begann sich erst zu wenden, als einmal ein etwas älterer Knabe einen dieser für mich niederschmetternden Vorfälle beobachtet hatte. Er kam herüber und klärte mich auf: „Sieh zu. du musst das so machen ..." Mit diesen Worten warf er P. auf den Boden und setzte sich auf dessen Brust, wobei er mit beiden Knien die Oberarme des sich wütend Wehrenden festnagelte.

Ich nickte beeindruckt. Dann ließ er P. los. Schäumend vor Wut stürzte der sich auf mich – auf wen sonst? Diesmal konnte er sein Mütchen nicht mehr an mir kühlen. Ich warf P. auf den Rücken und quetsche mit den Knien seine Arme, dass er da lag wie ein hilflos aufgespießtes Insekt. Das war das letzte Mal in meinem Leben, dass ich ohne Gegenwehr Dresche hinnahm.

Von da an ging eine seltsame Verwandlung in mir vor: Ich wurde zu einem regelrechten Raufbold. Wer immer mein Freund werden wollte, musste zuerst mit mir eine Runde ringen.

Leider, leider schaffte ich es nicht, dieses zart keimende Selbstbewusstsein auszudehnen. In der Gegenwart von Mädchen war ich so aufgeregt, dass ich unweigerlich zitterte.

Da ich nicht wusste, wie ich meiner Schüchternheit Herr werden sollte, kam ich im Alter von ungefähr zwölf auf die Idee, eine *Mutbüchse* einzurichten.

Beinahe jeden Tag nahm ich mir eine kleine Tat vor, die mich Überwindung kostete. Entweder die Wahrheit zu sagen, auch wenn es schwer fiel. Oder jemandem zu widersprechen, vor dem ich mich fürchtete.

Einmal schrieb ich ein paar Zeilen an unsere rüden Nachbarn und forderte sie auf, netter zu sein – mir schlotterten die Knie, als ich in der Nacht zu ihrer Türe hinüberschlich und den Zettel durch den Postschlitz einwarf.

Alle diese kleinen Heldentaten notierte ich auf bunten Papierschnipseln und warf sie in meine Mutbüchse. Registrierte ich in mir einen Anfall von Feigheit, pickte ich ein paar Zettel heraus, um mich daran zu erinnern, dass ich auch anders konnte.

Allmählich füllte sich die Mutbüchse, und mit steigendem Pegelstand begann sich ein stabileres Selbstbewusstsein zu etablieren. Bloß in einer Hinsicht nicht: Mädchen.

Da half meine ganze Strategie nichts.

In der Gegenwart dieser undurchschaubaren, bezaubernden Geschöpfe verwirrten sich meine Gedanken, kein gerader Satz rollte aus meinem Hirn heraus, und meine Hände waren eisig.

Meine Freunde prahlten mit ihren imaginären sexuellen Erfahrungen, aber allein der Gedanke bescherte mir Schwindelanfälle. Ich erwähne das nur deswegen, weil ohne diesen Hintergrund meine späteren seltsamen Irrungen und Verwirrungen nicht recht verständlich wären.

Mit dem Gongschlag zum 18. Geburtstag packte ich einen Koffer und einen Rucksack und das Sparbuch, das mir Opa selig anlässlich meiner Konfirmation geschenkt hatte. Hätte er geahnt, dass dies damals der letzte Tag meiner Gläubigkeit war, hätte er mir das Angesparte sofort wieder abgefasst.

Eine Moment lang überlegte ich, ob ich meine Mutbüchse einpacken sollte. Kam mir aber kindisch vor. Ich musste diesen kostbaren Jugendschatz wegwerfen, als Zeichen des Erwachsenwerdens. In gewisser Weise war es auch eine symbolische Nabeltrennung von der Familie, obwohl ich das erst später verstand.

Der Süden weitete nicht bloß meine Poren.

Zum ersten Mal im Leben hatte ich das Gefühl, frei atmen und frei denken zu können. Dass hier genauso Regel und Riten bestanden, sollte ich bald bemerken.

Allmählich begann mein Traumbild zu verblassen. Überleben erwies sich als recht schwierig. Außer meinem guten Willen konnte ich nicht viel vorweisen. Ein paar Hilfsdienste hier und dort.

Die beste Arbeit, die ich finden konnte, bestand in Übersetzungsjobs; ich half einigen Restaurants, die auf mehr Geschäft mit Touristen hofften, ihr Menükarten ins Englische zu übertragen.

Meine helle Haut warf schnell einen dunkelbraunen Farbton auf, aber meine nördliche Steifheit würde nicht so rasch verschwinden. Ich verstand die Witze der Männer nicht, und ich verstand noch weniger, warum die Frauen auf jede noch so plumpe Anmache geschmeichelt reagierten.

Ich verstand die ganze Welt nicht. Mein einziger Freund war ein humpelnder Straßenköter, dem ich gelegentlich die harten Reste meiner Salami zuwarf.

Im Stillen hatte ich gehofft, dass mich hin und wieder Verwandte besuchen würden. Doch allen Beschwörungen zum Trotz kam nie jemand.

Lieber verbrachten sie Jahr für Jahr auf ewig gleiche Weise den August in ihrem Sommerhäuschen. Nun lebte ich im grellen Licht des Südens, doch meine Einsamkeit war düsterer denn je.

Einmal hatte ich die Chance, aus meinem Panzergerüst hervorzukommen, als eine ältere Frau mich zu sich auf einen Kaffee einlud.

Dummerweise schien dies jemand in der Nachbarschaft beobachtet zu haben, denn bald darauf stürmte ein zorniger Mann in die Wohnung und machte mir heftig klar, dass ich hier nichts verloren hatte.

Ein Gefühl des Versagens saß mir herzzersprengend in der Seele, als ich wieder nordwärts zog. Einer Familie entgegen, die mich zwar nicht verstoßen hatte, aber meine Eigenheiten nicht akzeptieren konnte. Ich wusste nicht wohin, ich wusste nicht, was tun, ich hatte niemandem, der mich liebte.

Den folgenden Winter musste ich zu Hause aussitzen, da hatte ich keine Wahl. Zum Glück war ich kein Hellseher und ahnte nicht, dass mein so sehnsüchtig erhofftes Liebesglück noch viele Hürden entfernt war.

2.

Sie spielte ein wenig mit mir herum. Als ich ihr meine Verliebtheit gestand, antwortete sie bloß: "Du langweilst mich!"

Ich muss reichlich entsetzt aus der Wäsche geschaut haben, denn sie reagierte mit hemmungslosem Lachen.

Vielleicht sollte ich zur Abwechslung einmal hassen lernen, um mich stark zu fühlen?

Im Sommer kehrte ich fünf Wochen lang Dreck in einer süddeutschen Traktorenfabrik. Mein Vater dachte, ich würde damit mein Studiengeld aufbessern. Ich hatte andere Pläne: Süden war wieder angesagt. Ich stand am Brenner, den Daumen winkend ausgestreckt, als mich ein uralter portugiesischer LKW mitnahm. Drei Tage lang waren wir praktisch sprachlos unterwegs.

Ich hatte keine Ahnung, weshalb der Fahrer mich aufgelesen hatte – auf Unterhaltung war er jedenfalls nicht aus. In der Nacht rollte ich meinen Schlafsack unter dem öltropfenden Lastwagen aus, während der Portugiese in seiner stickigen Kabine schnarchte. Ich war gerädert und apathisch.

Dafür war Portugal berauschend schön.

Ich pilgerte die Küste entlang. Blieb ein paar Tage in Nazaré mit den schwarzgewandeten Frauen, die an ein arabisches Land erinnerten.

Ein Camper nahm mich mit nach Lissabon. Zu teuer für meine Brieftasche, ich musste irgendwo unter freiem Himmel schlafen. Eine Nacht in Evora, wo ich die mittelalterlichen Stadtmauern rasch abmarschiert hatte. Im untergehenden Abendlicht lächelte mich eine Frau an. Ein gutes Vorzeichen, redete ich mir ein.

Tags darauf per Bus an die Algarve. Dort schien nicht bloß die Sonne, sondern auch mein Glücksstern.

Kurz nach meiner Ankunft, als ich durch den kleinen Ort trottete, erspähte ich sie. Eine Wundererscheinung. Diese junge Frau war so schön, dass man nach einer Weile geblendet wegsehen musste. Ich begann, mich vorsichtig zu erkundigen. Ein Typ meinte, sie komme aus Skandinavien und heiße Sirene.

Aber das war bloß der Zorn der Abgelehnten; in Wirklichkeit hieß sie Irene und war aus Deutschland. Die Gockel der Gegend warfen sich mächtig in die Brust und flatterten aufgeregt um sie herum, fanden aber keine rechte Beachtung. An manchen Tagen pilgerte beinahe eine kleine Kolonne hinter ihr her.

Ihre prallen Lippen würden selbst reife Kirschen zum Erröten bringen, und ihre stramme Brust trug sie vor sich her wie ein Jungstier seine Hörner. Ihr Haar glänzte seidig schwarz, wie es sonst nur im Orient zu sehen ist – allerdings mit einen kleinen Schuss Karmesinrot.

Eine Schönheit, der Mann mit einer devoten Verbeugung einen Teppich ausrollen muss, geht gar nicht anders. Ich wagte natürlich keine Annäherung. Schon deshalb nicht, weil sie unübersehbar einen Beschützer hatte.

Ich konnte den kahlköpfigen Protz nicht recht einschätzen; es blieb aber meinen heimlichen Spähaktionen nicht verborgen, dass sie einander nie berührten.

Vermutlich bloß ein Verwandter, allerdings ein im Fitnessstudio gestählter Geselle, der seine Muskeln drohend zur Schau trug.

Es ergab sich einfach kein natürlicher Anknüpfungspunkt. Ich hätte sie gerne zu einer Tennispartie eingeladen, aber hier gab es keinen Spielplatz. Da kam mir der Zufall zu Hilfe.

Auf meinem üblichen morgendlichen Rundgang marschierte ich gerade die kurze Hauptstraße entlang, als ich Irene mit einem Händler gestikulieren sah.

Das Ziel meiner Begierde hatte Sprachprobleme. Keiner der Reisenden hier konnte Portugiesisch, aber auch das Englisch der meisten war nicht ganz so flüssig, wie es die Situation manchmal verlangt hätte.

Zum Glück hatte ich zwei Semester Spanisch an der Uni hinter mir und konnte mich halbwegs in das englisch-portugiesische Sprachpotpourri des Händlers einfühlen.

Sie war an einer der hübschen Ketten interessiert und wollte wissen, woher die Muscheln kamen und ob die angepriesenen Edelsteine tatsächlich edel waren.

Ich bot mich an, sprachlich auszuhelfen. Und so dolmetschen wir eine Weile herum, bis sich herausstellte, dass der ganze Tand bloß hübsch aussah, aber nichts wert war.

Sie war sichtlich enttäuscht. Ich lud sie zu einem Spätmorgenkaffee in der Bar ein, die am Ende des kleinen Piers eine offene Terrasse zum Meer hin hatte. Die Sonne hatte schon den Brennfaktor eingeschaltet, weshalb wir uns in den Schatten verzogen. Von ihrem Aufpasser war zum Glück weit und breit nichts zu sehen.

„Ich nehme an, dein wirklicher Name ist nicht Sirene, wie dich hier einige nennen. Vermutlich Irene?"

Sie nickte.

„Ich heiße übrigens Benno."

Sie blickte mich nachdenklich aus großen Augen an.

„Ich denke", eröffnete ich mein Gambit, „dass die Männer hier dir schon oft genug gesagt haben, wie schön du bist!"

Sie lächelte bloß dünn, obwohl dass bei ihren vollen Lippen immer noch reizend aussah. Ohne eine Antwort ihrerseits, würde mir bald der Gesprächsstoff ausgehen.

„Ich hab' gesehen, dass du eine gute Schwimmerin bist ... schwimmst du mit mir um die Wette? Ich bin zwar pleite, aber wenn du gewinnst, lade ich dich mit meinen letzten Escudos zum Mittagessen ein."

„Okay, komm."

Sie lief voraus zum Strand. Sie hatte keinen Badeanzug dabei. Ihre knallengen Hot Pants und ihr T-Shirt schienen sie nicht im Geringsten zu behindern – sie schwamm davon wie ein Fischlein, hinter dem der weiße Hai her ist. Ich hatte unter den Jeans eine Badehose an. Bis ich mich von Hemd und Hose befreit hatte, war sie schon ein gutes Stück draußen. Keine Chance, sie einzuholen.

Nun mag ich zwar ein ganz guter, halbwegs fitter Tennisspieler sein, aber Schwimmen ist nicht meine Sache; da strample ich, als hätte man mir einen Bleigürtel um die Hüften geklemmt. Weshalb Irene immer weiter davon zog.

Als ich sie keuchend beim vereinbarten Felsen eingeholt hatte, half sie mir aus dem Wasser. Ich starrte kurz auf ihr nasses T-Shirt, hielt mich und meine Blicke aber königlich im Zaum.

Jetzt die Situation für Anzüglichkeiten zu nutzen, hätte alles verdorben, das war sogar einem Heini wie mir klar.

Wir ließen uns von der Sonne trocknen und starrten beide gedankenverloren den flimmernden Wellen nach. Ich wollte ihr Haar berühren, ihre runden Hüften streicheln, sie in ihre vollen Lippen beißen, musste aber solcherart Gedanken streng vermeiden (hatte ja kein Handtuch dabei, unter dem ich meinen Unterleib hätte verstecken können).

Wir plauderten über Gott und die Welt, wobei mir der Glücksgott abermals zur Seite stand. Sie hatten eine Reihe von Lieblingsautorinnen, von denen ich ein paar gelesen hatte. So ergab sich ein nettes Gespräch über Silvia Plath und Anais Nin.

Als unsere Leiber vor Hitze dampften, köpfelte sie ins Meer und schwamm zügig zurück. Ich mit einigem Abstand hinterher. Am Strand fragte sie mich: „Gilt unsere Wette noch?"

Ich nickte bloß und addierte in meinem Kopf mein restliches Bargeld zusammen.

Im Restaurant bestellte sie eine Art Lasagne mit Melanzani statt Faschiertem. Danach lud sie mich zu einem Eis ein.

Während wir so vor uns hin schleckten, sagte sie unvermittelt: „Mein Bruder hat für einen Tag ein Auto ausgeliehen. Wir wollen abends zu einem Tanzfest fahren. Kommst du mit?"

Mit viel Sonne und ein wenig Wein im Blut tanzten wir den ganzen Abend. Als wir zurück waren, nahm sie mich bei der Hand und ging mit mir hinunter zum Strand.

In dieser samtenen Sternennacht vergaß ich mein aufgestautes Liebesleid – aber am folgenden Morgen brach es wieder voll auf: Irene und ihr Bruder waren abgereist. Sie hatte mich nicht einmal vorgewarnt.

Hatte auch nicht Adios gesagt. Ich war aufgekratzt und gleichzeitig niedergeschlagen: Würde so mein Leben aussehen – kurze Momente der Erfüllung, an die sich lange, traurige Episoden anreihen, als wäre das die Perlenkette meines Schicksals?

Ich will das nicht als Entschuldigung verwenden, bloß als Erklärung, warum ich in den folgenden Jahren von Bett zu Bett hüpfte, anfangs hoffend, später zweifelnd, zuletzt verzweifelt.

Vielleicht werde ich eines Tages meine Ausrutscher gestehen. Oder, noch besser, aufschreiben („Erotische Erinnerungen", ha!), um sie ein für alle Mal aus meinem Gedächtnis zu verbannen.

Im Moment hoffe ich auf Vergebung. Warum habe ich – längst verheiratet und Vater – nicht aufhören können, nach weiblicher Bestätigung Ausschau zu halten, obwohl ich doch wissen musste, dass ich im Grunde meiner Seele ein hilfloser Trampel bin, der immer eine Scherbenspur zurücklässt?

Die Suche

3.

Eine teure Angewohnheit: Bei jedem Umzug warf ich so viele alte Sachen wie möglich weg. Zuerst hielt ich das bloß für nützlich und praktisch sinnvoll, bis ich drauf kam, dass hier mehr im Spiel war.

Ein neuer Ort und ein neues Heim waren immer mit der stillschweigenden Erwartung eines neuen Lebens verbunden. Vielleicht ist das Wegwerfen auch nur ein Schutzschild gegen meine nostalgische Sucht, schöne Erinnerungen (besonders erotische) wieder und wieder zu beschwören.

Etwas aber schleppte ich von Umzug zu Umzug mit, nämlich eine Kiste voller Tagebücher. Zeit meines Lebens hatte ich alle Kraut- & Rübengedanken in Papier graviert. Im Nachhinein kommt mir das wie Teufelsaustreibung vor. Jedenfalls fielen mir neulich, als einer meiner überladenen Bücherschränke ächzte, zwei uralte Reistagebücher in die Hände. Warum habe ich sie wieder gelesen, anstatt sie zum Altpapier zu geben? Besser noch: gleich den ganzen Bücherschrank ins Feuer zu werfen?

Ich blätterte die kaum noch entzifferbaren Aufzeichnungen durch, als ein Papier aus dem Büchlein herausrutschte.

Ein winziger, handbeschriebener Zettel, auf dem ein paar Namen samt Adressen und Telefonnummern standen. Konnte mich gar nicht erinnern, je diese Liste fabriziert zu haben. Doch sie setzte einen Gedankengang in Bewegung, von dem ich wie ein Süchtiger nicht mehr loslassen wollte.

Unter den diversen Reisebekanntschaften, an die ich mich beim besten Willen nicht mehr erinnern konnte, fanden sich auch die Namen zweier Mädchen, die ich während meiner Studentenzeit in Wien gekannt hatte. Besonders an die eine konnte ich mich noch erinnern: Gerti hatte lange, brünette Haare, war sanft und süß und ein wenig in mich verliebt. Was wohl aus ihr geworden war?

An die andere Frau konnte ich mich nur dunkel erinnern: ein wenig üppig gebaut, rötliche Haare, Treffen im Kommunistischen Studentenbund. Ganz unbemerkt hatte sich eine Vision in meinem sehnsüchtigen Herzen festgekrallt: Warum sollte ich nicht alle Frauen, die ich einmal gekannt hatte, wieder treffen?

Würden sie nach so vielen Jahren noch Gefühle in mir auslösen? Würde sich das intime Band von damals wieder ausgraben lassen? Das müsste doch herauszufinden sein...

Wie verfällt man auf eine so hirnverbrannte Idee?

Meine erste Midlife-Krise hatte ich wie jeder anständige Mann um die Mitte 30 herum. Frau hatte sich völlig den Kindern zugewandt, während sie gleichzeitig versuchte, ein Geschäft aufzubauen. Bei so viel Belastung ist man rund um die Uhr müde und wird ungeduldig.

Ich fühlte mich nur noch als Funktionsträger. Geld beschaffen, auf die Kinder aufpassen, sie regelmäßig im Park auslüften, stundenlanges Märchenvorlesen, Besuche anderer Eltern lächelnd ertragen, Einkaufen, Kochen, Wohnung saugen. Ein Endloskatalog von Pflichten.

Auf dem Freudenkatalog fanden sich herzlich wenige Eintragungen: Schöne Augenblicke mit Sohnemann und Töchterchen. Und dann zwei Mal im Jahr ins Kino, wenn gerade ein verlässliches Kindermädchen erreichbar war. Mehr war da nicht.

Haushaltshilfe konnten wir uns keine leisten, da wir auf Schulden eine Wohnung gekauft hatten, die im Grunde zu teuer für uns war. Sie sollte groß genug für vier Leute sein, in einer stillen Ecke der Stadt liegen, wo es auch Grünflächen gibt. So etwas findet sich nur in nobleren Bezirken. Was tut man nicht alles für seine Brut! Zum Glück weiß man nicht im voraus, worauf man sich da einläßt. Man muss sich manchmal vom Leben einfach mitschleifen lassen.

Viel Arbeit und Verantwortung lässt sich nur verdauen, wenn man nicht innehält ob der seltsamen Wende, die das Leben genommen hat. Der Trick besteht darin, auf keinen Fall ein Gefühl von Was-wäre-wenn ins Gemüt einsickern zu lassen.

Mit permanenter Erschöpfung im Genick hat man keine rechte Motivation, das eigene Leben skeptisch zu betrachten. Man hat auch sonst keine Lust zu irgendetwas. Was zwangsweise zum Stillstand bei den leidenschaftlichen Umarmungen führt.

Nörgeln war sinnlos, Frau war wirklich total erschöpft. Für Frührente und Klostereintritt war ich allerdings noch zu jung. Und so tat ich, was jeder Mann in dieser Situation tut: Ich kaufte mir einen Sportwagen als Trost. Natürlich nicht! Blechersatz ist nicht gut genug. Ich wollte nichts weniger als eine vollblütige Affäre. Und Aphrodite bescherte mir in der Tat eine.

Hätte sich diese für jede Ehe bedrohliche Entwicklung verhindern lassen? Ich weiß nicht. Wir hätten früh genug einen Dialog dieser Art haben müssen:

Sie: *Macht es dir etwas aus, ein paar Jahre als Mönch zu leben?*
Er: *Absolut nicht akzeptabel!*

Sie: *Was können wir da tun? Die Familie und der Aufbau meines Geschäfts laugen mich so aus, dass jeder Gedanke an Sex wie eine lästige Verpflichtung erscheint.*

Er: *Wie wär's mit regelmäßig Auszeit nehmen und Liebeswochenenden in einem netten Hotel?*

Sie: *Können wir uns das leisten?*

Er: *Nicht wirklich*

Sie: *Also?*

Er: *Du beschwerst dich nicht, wenn ich mir eine Geliebte suche...*

Sie: *Klingt nicht gerade toll.*

Er: *Zum Zölibat fühle ich aber auch nicht berufen...*

Frau war anfangs entsetzt, fürchtete, ich würde in Taumel der Hormone die Familie verlassen. Würde ich nie tun. Frau war lebenserfahren genug, nicht mit Scheidung zu drohen. Sie schaltete ihren Vernunftantrieb ein und bemerkte auf diese Weise, dass ich gar nicht so sehr Lust denn Selbstbestätigung suchte.

Würde sie mir jetzt im Wege stehen, würde mein gekränktes Ego unsere Ehe versauern.

Also gab sie mir freie Bahn. Was für ein erleuchtetes Geschöpf! Gelobt seist du, du Wunderweib!

Natürlich war ihre weibliche Eitelkeit gekränkt. Sie akzeptierte meinen Seitensprung zwar stillschweigend, aber doch zähneknirschend. Vermutlich ahnte sie, dass meine verkrampfte Suche nach Erotik bald in Reue enden würde.

Was auch der Fall war. Die diversen Stelldicheins wurden routiniert. Und langweilig. Wechselseitige Vorwürfe zogen ein, und so fiel der Abschied von der ein wenig erzwungen Romanze weder meiner Geliebten noch mir besonders schwer.

Trotzdem war ich wütend, dass ich immer noch auf die alten Tricks der Hormonteufel hereinfiel. Diese Sirenen haben schon viele Leben ruiniert; nächstes Mal muss ich mir wie die Gefährten des Odysseus Wachs in die Ohren stopfen.

Andererseits war Frau froh, dass ich wieder voll anwesend war. Die Affäre hatte indirekt unser Sexleben von den Toten erweckt. Immerhin.

Das Zwischenspiel ist ein paar Jahre her, verblasst und vergessen. Allmählich und fast unbemerkt hatte sich bleierne Langeweile eingeschlichen wie ein Meisterdieb in der Nacht. Als ich den Schaden entdeckte, war es in gewisser Weise zu spät. Etwas rebellierte tief im Seelenuntergrund.

Noch einmal das Spielchen mit Affäre und so?

Der Gedanke hatte etwas erdrückend Banales an sich. Mein altes Rezept: Wenn ich unzufrieden bin, suche ich das Glück in der Ferne. Schlug Frau vor, mit Sack & Pack nach Indien zu ziehen. Sie sah mich bloß stirnrunzelnd an.

Ich schlich monatelang geknickt herum, verzweifelt nach einem Ausweg suchend. Ich liebte meine Frau nach wie vor, keine Frage.
Ich liebte meine Kinder nicht mehr ganz so heiß, nachdem sie zu frechen Teenagern mutiert waren. Meine Journalistenexistenz war in Routine erstarrt.

Irgendwann in dieser ratlosen Zeit schälte sich die halb vergessene Idee von meiner Hirnrinde wie überreifes Fallobst: Komme, was da wolle – ich werde versuchen, noch einmal meine verflossenen Lieben zu treffen.

Je länger ich diese Vorstellung wälzte, umso aufregender erschien sie mir. Ich war wieder aufgekratzt. Fühlte mich richtig rundumerneuert.

Ja, ja, ich weiß, jeder, der von dieser Geschichte erfährt, kann nicht anders als entsetzt rufen: *Was für ein Trottel!* Weiß ich selber, im Nachhinein.

Natürlich zog ich nicht gleich los wie ein Teenager im Hormonüberschuss.

Eine Rechtfertigung brauchte ich schon. Also fragte ich mich ganz erwachsen: Benno, wie kannst du dir deine Begierde am besten selbst verkaufen?

Ich musste Vernunftgründe finden. Nun, ich würde das Ganze als Urlaub vom Alltag sehen, besser, als schreiberisches Projekt. Unsinn.

Kurz durchzuckte mich der Gedanke, ob ich nicht gar auf eine ganze Reihe von Affären aus war? Das wollte ich mir dann doch nicht eingestehen. Ich brauchte ein besseres Motiv, sonst würde ich bald aufgeben.

Aber der Vorsatz rumorte in meinem Kopf herum wie ein Vulkan, der ungeduldig auf den überfälligen Ausbruch wartet. Bloß, was wollte ich denn loswerden?

Was wollte ich aus meinem seelischen Urschlamm herausziehen?

Mein größtes Ideal war immer ein Gefühl von Unabhängigkeit und Freiheit gewesen. Wenn ich wirklich frei werden wollte, versuchte ich mir einzureden, musste ich noch einmal in meine geliebt-gehasste Vergangenheit eintauchen.

Vorerst fehlte mir der Mut dazu.

—

Ein Plan war nötig. Als erstes machte ich eine Liste all jener Frauen, die ich einst gekannt, begehrt und geliebt hatte. Dann fügte ich noch ein paar Namen hinzu, an die ich mich erinnern konnte. Dann noch misslungene Liebschaften. Wäre ja sinnlos gewesen, so ein Projekt mit bloß drei Namen zu starten.

Von einigen verflossenen Lieben wusste ich sogar, wo sie wohnten bzw. war im Besitz einer E-Mail-Adresse. Im Vor-Google-Zeitalter hätte ich nicht gewusst, wie ich sie alle finden könnte. Aber für einen Profischnüffler, der ohnehin den ganzen Tag im Internet verbrachte, roch das nach einer echten Herausforderung.

Daneben war da noch ein anderes Gerüchlein, das ich aber in der Aufregung nicht wahrhaben wollte. Jedenfalls machte mich die Aussicht, Privatdetektiv in Sachen Liebe zu spielen, ganz kribbelig.

4.

Ich wusste nicht recht, wie und wo beginnen. Drei ehemaligen Freundinnen schickte ich ganz einfach eine Textmessage. In die Betreffzeile schrieb ich „eine stimme aus der vergangenheit", und den Text hielt ich bewusst kurz und zweideutig:

hallo meine liebe.
ich weiß, wir haben einander lang nicht gesehen, aber kürzlich bist du mir wieder eingefallen. habe nette erinnerungen an dich. irgendwie ist mir nostalgisch zumute, und ich würde dich wahnsinnig gerne wieder treffen!
xxx Benno

Würden sie sich an überhaupt mich erinnern? Was, wenn keine Antwort zurückkommt?

Ich brauchte nicht lange zu grübeln, denn tags darauf war eine Nachricht von Laura da. Sie war das erste Mädchen gewesen, mit dem ich so etwas wie Sex hatte. Na ja, es war schon richtiger Sex, aber ich war so unbeholfen, dass ich mich nicht gerne daran erinnere.

Ein paar Jahre nach unserer ersten jugendlichen Begegnung hatte ich sie durch puren Zufall wieder getroffen, als ich bei einem Tennis-Trainingsturnier teilnahm.

Der Sommer war gerade am Auslaufen, und genauso stand es um meine Hoffnung, sportlich je etwas im Leben zu erreichen. Wir waren zwecks Kostenersparnis in einem Heim untergebracht, in das bald die Internatsschüler zurückkehren würden.

Die Küche hatte bereits den Betrieb aufgenommen, und so speisten wir alle in dem Gemeinschaftssaal. Einige Angestellte des Internats hatten sich zu uns gesetzt, da Futterfassen bloß zwischen 12:00 und 13:00 Uhr möglich war, danach war die Kantine verriegelt wie eine Burg vor dem Mongolenansturm.

Eines Tages saß da Laura. Sie hatte noch immer den gleichen blonden Bubikopf, und sie erröte, als sie mich erkannte. Dass ich die Nacht statt im miefigen Heim in ihrer Wohnung verbrachte, war naheliegend und zuckersüß.

Ich war dann im Laufe der Jahre Dutzende Male umgezogen und irgendwann vorübergehend in Wien gelandet. Siehe da, eines Tages liefen wir uns beim Eingang zur U4 über den Weg. Wir waren zu dieser Zeit beide fest liiert, also lächelten wir tapfer, küssten einander nur auf die Wange und beendeten die Umarmung bereits nach dreizehn Minuten.

Angesichts unserer fröhlichen Vorgeschichte hatte ich eigentlich nicht mit einer ablehnenden Reaktion gerechnet.

Sie schrieb bloß dürr:

Ein Treffen mit dir ist mir zu gefährlich.
Erzähl mir lieber eine Geschichte aus deinem
Leben...
L.

Wie Majestät wünschen! Ich klopfte mir mehrmals mit meinem dicken Notizbuch auf den Kopf, doch es fiel keine Geschichte heraus. In einem Anflug von Ärger wollte ich einfach eincn Text aus einem unbekannten Roman abschreiben. Aber das ging mir dann doch gegen die Ehre. Was nichts daran änderte, dass mein Hirn wie leergefegt war.

Ihre Ablehnung wurmte mich. Ich wollte sie wirklich gerne wieder treffen, ganz ohne Hintergedanken. (Das ist nicht ganz ehrlich – ihr schlanker Körper und ihre milchfarbene Haut waren schon ein paar Mal ungefragt in meiner Erinnerung aufgeblitzt.)

Vielleicht fand sich etwas Brauchbares unter meinen alten Kurzgeschichten. Nirgendwo ein geeignetes Thema. Ich war immer noch gereizt. Der Winter hatte sich zäh verkrallt und wollte partout nicht dem überfälligen Frühling weichen. Allein der Sonnenmangel brachte mich auf die Palme. Dazu plagte mich noch eine Erkältung.

Ein kleines Teufelchen ritt mich, als ich ihr auf schönem Blütenpapier ausgedruckt ein altes Gedicht schickte, aus einer Zeit, als ich noch unter romantischen Anwandlungen litt.
Sie würde über die folgenden Zeilen sicher lächeln und mir den kleinen Spaß verzeihen:

Krähenfreiheit

Stahlgrauer Himmel,
die Erde mit schmutzigem Weiß bedeckt.
Der unablässige Nordwind,
lässt mir den leeren Magen gefrieren.

Ich zittere bis tief in mein Mark,
ziehe mich zusammen,
plustere mich auf.
Nichts hilft.

Unten im Tal
qualmen die Schornsteine.
Eng an die Öfen gekuschelt,
tief in den Betten
leben die Menschen jetzt.

Gestern kam ein Pärchen vorbei.
Er klagte, zu mir herauf deutend:
Im nächsten Leben möchte ich
ein Vogel sein.
Ah, diese Freiheit ---
Fliegen zu können.

Jetzt liegt er zwischen
den dicken Schenkeln seiner Freundin
und freut sich der feuchten Wärme.

Doch ich friere.
Habe Hunger.
Bin alleine.

Kann nicht länger
auf die Sonne warten.
Muss Abfälle suchen
zwischen den Häusern.
Und ein warmes Plätzchen
Im Schatten eines stinkenden Kamins.

Lauras Antwort kam rasch:

*Ich glaube, du machst dich lustig über mich.
Wenn du so bist, mag ich dich nicht.*

Dabei hatte ich gedacht, sie hat Humor.
Im Übrigen war mir gar nicht nach Scherzen
zumute. Sie wollte etwas aus meinem Leben –
warum war ein Stück schmerzhafter Erinnerung
nicht gut genug?

Offenbar war ihr ernster zumute als mir.

Mein Plan, die Vergangenheit wieder auf-
erstehen zu lassen, konnte doch noch nicht
schon gestorben sein, ehe ich damit angefangen
habe?

Eintrag ins Tagebuch: *Zornesader pocht an der Schläfe. Kopfweh.*

Meine Durchhängelaune hielt noch mehrere Tage an.

Die anderen beiden Hoffnungsträger rührten sich nicht – keine weitere Nachricht trudelte ein. Ich spürte, wie ätzende Magensäure die Schleimwände hochzukriechen begann.

Aufdrängen wollte ich mich aber auch nicht. Was ist schon schlimm an einer traurigen Erinnerung? Warum muss ich immer nur dem Schmerz der anderen zuhören – ist mein eigener weniger wert?

Meine Laura war Vegetarierin und ein Sensibelchen; da muss eine dramatische Story her. Ich besorgte mir in einem Spezialgeschäft eine Sorte Papier, die wie altes Papyrus aussah. Darauf schrieb ich mit Tinte und Feder langsam und sehr sorgfältig die folgenden Zeilen:

DER SONNENANBETER

Sein Gesicht war unbeweglich der Sonne zugewandt.
Zeiten des Meditierens, des Betens und Träumens zogen an ihm vorbei.
Er wurde zum Sonnenjünger.
Er atmete Moos, Beerenfrische und ätherische Luft.

Er aß frische Quellen, feinen Erdboden und saftiges Holz.

Einmal, in der prallen Sommersonne sitzend, öffnete sich sein Geist ihrer alles durchdringenden Kraft.

Er begann, ihre Helle in sich aufzunehmen.

Zögernd, nur einen Spaltbreit anfangs, öffnete er die Augen, dann immer weiter.

Bis das grelle Licht sein Hirn erreicht hatte und auch nachts nicht mehr schwand.

Er lernte die Welt zu ertasten, seine Sonne hatte er nun für immer.

Er spürte den Herbst kommen, die Haut meldete ihm Regen und die Nacht. Seine Füße tasteten die Felsen, die Lianen, die Energiefelder des Bodens. Jedes Samenkorn spürten seine Zehen.

Auch sein Gehör schärfte sich, er konnte Vogelgezwitscher sogar an windstillen Tagen aus der Ferne hören.

Er lernte den Urin der Tiere im Wald zu riechen, die Fäulnis des Bodens und die Nebelschwaden des drängenden Herbstes.

Nur den Geruch des Holzfeuers vermisste er, seit er sich die Hände schlimm verbrannt hatte. Er hielt sie seiner geliebten Sonne entgegen und sie heilten rasch.

Seine Kleidung war zerrissen und verfault, die letzten Schuhe vor langer Zeit verlorengegangen.

Er brauchte sie nicht, eine unnütze Schicht zwischen seiner empfänglichen Haut und der Welt.

Sein lang gewordener Bart kitzelte die Brust.

Einmal berührte er etwas Kühles, sich Schlängelndes, vielleicht eine Eidechse.

Manchmal hörte er ferne Stimmen. *So ein Spinner*, rief jemand, *starrt in die Sonne, bis er blind wird.* Vielleicht hatte er sich auch getäuscht, in diese Einöde verirrten sich kaum Wanderer.

Zuletzt brauchte er auch keine Nahrung mehr, er labte sich nur noch am Morgentau und an seiner Sonne. Sie füllte ihn völlig, und der Hunger schwand. Tiefer Frieden nistete sich in seinem Herzen ein.

Als es soweit war, tastete er sich zum kleinen Teich an der Lichtung vor, suchte einen flachen, großen Stein und setzte sich mit gekreuzten Beinen hin.

Die Kühle der Nacht schwand zögernd, er wartete geduldig auf die Wärme seines Feuerballs. Der Tag war kurz und viel zu heiß. So freute er sich auf die kühle Brise des Abends.

Doch der Nachtwind war diesmal stickig, er bekam keine Luft mehr.
Es ist immer noch so heiß, dachte er und hob ein letztes Mal seine blinden Augen empor...

Das wird doch ihr Herz erweichen!?
Einen dritten Text schicke ich ihr sicher nicht.

Diesmal erhielt ich keine Antwort. Hmmm.

Entweder ist das ein Vorzeichen, dass mein Ausflug in die Vergangenheit zum Scheitern verurteilt ist. Oder ich muss mich mehr anstrengen. Sollte meine Projekt ernster nehmen.

Wer weiß, welche schlafenden Dämonen ich aus Achtlosigkeit aufstören könnte.

Spiel mit dem Schicksal

5.

Die selbst auferlegte Pause hielt nicht lange vor, zu reizvoll war der Gedanke, abgestandene Erinnerungen mit neuen Erfahrungen zu übermalen.

Ich wollte mit einem der schwierigeren Fälle starten, mit Gerti, der schwangeren Studentin, die neben mir im Bett gelegen war, aber nicht so weit gehen wollte, mir Einlass zu gewähren. Ich wusste ihren Namen noch, und den Ort, in dem sie aufgewachsen war, beides stand auf meiner Liste.

Ich erklärte Frau, ich bräuchte Auszeit und würde gerne für ein Wochenende allein aufs Land fahren. Mutterschaft hatte sie großzügig und weise gemacht, weshalb sie sich alle kleinlichen Fragen verkniff.

Ich hatte via Web eine Privatwohnung für zwei Tage gemietet. Exakt in jenem Kaff, aus dem Gerti ursprünglich stammte.

Irgendwelche Angehörige mit demselben Nachnamen würden sicher noch vor Ort leben – in dieser Gegend ziehen die Leute nicht so oft um.

Alles funktionierte, als würde ein Hollywoodregisseur hinter den Kulissen die dramatischen Fäden genussvoll ziehen.

Ich fand drei Familien mit demselben Namen, ging einfach hin, sagte, wer ich war, und erklärte andeutungshalber meine Suche nach meiner alten Freundin G.

Schon beim zweiten Versuch wurde ich fündig. Ich hatte richtig geraten: G. war seinerzeit mit dem Baby von Wien weg und bei ihren Eltern eingezogen. Jetzt lebte sie in einer kleinen Stadt, nicht weit entfernt von dem Ort, an dem ich mich gerade aufhielt.

Die ahnungslosen Leutchen gaben mir sogar ihre Adresse, wohl auf mein Berufslächeln hereinfallend. Gelobt sei die Landbevölkerung.

Ich machte mich auf den Weg. An die folgenden 30 Kilometer kann ich mich kaum erinnern. Während der Fahrt erprobte ich in Gedanken alle möglichen Dialoge, je nachdem, ob ich freundlich oder ablehnend aufgenommen werden würde.

Als sie die Türe öffnete, hatte ich keine Ahnung, wer diese ältliche aussehende, schwer übergewichtige Frau war, die da vor mir stand. Aus ihrer jugendlichen Fülle war eine Festung geworden.

Leider trug sie ein ärmelloses Kleid; wenn sie ihre Arme bewegte, flappte an der Unterseite eine Ladung Fett, als hätte sie Flügel.

Ich musste wo anders hinsehen. Aber sicher nicht in ihr großzügig ausgeschnittenes Dekolleté.

Ich selbst war natürlich auch um Jahrzehnte gealtert, obwohl ich mir das nicht gerne eingestand. Tief drinnen fühlen sich alle Menschen jung; das Ich altert ja nicht mit der Haut.

Obwohl, an manchen Tagen hatte ich durchaus den Eindruck, als würde auch mein Geist Runzeln aufwerfen. Warum nur hat uns Mutter Natur mit Fantasie begabt und mit heftigen Erinnerungen ausgestattet? Ein zweischneidiges Geschenk.

„Hallo Gerti", sagte ich, um leuchtende Augen bemüht, „ich habe vor ein paar Tagen zufällig deine Adresse wieder gefunden, und da wollte ich dich in Erinnerung an unsere fröhliche Studentenzeit aufsuchen."

Sie sah mich an wie ein Schlossgespenst. Ich musste ihr wie ein Vertreter einer New Age-Sekte erscheinen, der auf Seelenfang aus war.

Ich erwähnte kurz das Pädagogikseminar, in dem wir uns kennengelernt hatten, und dann noch ein paar Details. Ein flüchtiges Lächeln huschte über ihr müdes Gesicht.

Sie bat mich in die Wohnung und kredenzte uns beiden Kaffee und einen alten, staubtrockenen Kuchen. Beides kostete Überwindung, aber ich konnte die Sachen ja nicht gut stehen lassen.

Kalter Kaffee und aufgewärmte Vergangenheit, dachte ich einen Moment und schüttelte unwillkürlich den Kopf.

Gerti hatte die Bewegung bemerkt, sagte aber nichts. Von ihrer Schweigsamkeit ließ ich mich keineswegs entmutigen.
Ich bin es beruflich gewohnt, den Leuten die Würmer aus der Nase zu ziehen. Also plauderte ich munter darauf los und zeigte mich brennend daran interessiert, wie es ihr seit unserem letzten Treffen ergangen war.

Draußen begann es bereits zu dämmern, als sie mich plötzlich mit einer Frage völlig aus der Fassung brachte. Ich hatte natürlich damit gerechnet, dass sie mich nach dem Grund meines Hierseins befragen würde und mir für den Fall des Falles verschiedene Antworten zurecht gelegt.

Aber ich hatte nicht im Entferntesten erwartet, dass sie mich – nachdem wir bereits mehr als eine Stunde geplaudert hatten – ganz naiv und entwaffnend fragen würde: „Wer bist du eigentlich?"

Einen Moment lang dachte ich, sie konnte sich nicht mehr an unser einstiges Zusammensein erinnern und hatte meinen Erinnerungen nur aus purer Höflichkeit zugehört. Aber ihre Frage war viel tiefergehend, wie sich bald zeigen sollte.

Sie war aufgestanden, um in der Küche eine dritte Tasse Kaffee zu brauen.

In der Zwischenzeit blickte ich mich ein wenig in der Wohnung um. Normalerweise interessieren mich Details kaum, mir ist der spontane Gesamteindruck wichtiger. Auffallend waren der abgestandene Geruch und die Dunkelheit.

Das Sommerlicht draußen war nicht so grell, dass man unbedingt die Vorhänge hätte zuziehen müssen.

Dann bemerkte ich in einer Ecke eine vergoldete Statue. Das ganze sah wie eine Art Altar aus – ein Buddha, vor dem eine Messingschale und eine kleine Vase mit Blumen und ein Portraitbild standen. Im Hintergrund ein tibetisches Bild mit einer Vielzahl von Figuren. Es lagen noch ein paar andere Dinge herum, ich wollte aber nicht hingehen und sie näher betrachten.

Als G. mit den Tassen zurückkam, brachte sie ein Briefkuvert mit, aus dem sie ein Foto zog.

Die Sache hatte sich zugespitzt. Entweder musste ich jetzt aufstehen und gehen oder bereit sein, mich in seelische Abgründe ziehen zu lassen.

Ich blickte in ihre müden Augen und fragte sie: „Erzähl, was ist passiert?"

Ich hatte die übliche Geschichte von Scheidung und Single-Mutter-Dasein erwartet, war daher ziemlich schockiert, als sie ohne Vorwarnung das Foto vor mich hinlegte und sagte:

„Das hier war das Kind, das ich damals in mir trug, als du mich schwanger sahst. Sie hat nicht einmal ihren fünften Geburtstag erlebt."

Tränen flossen über ihre Wangen. „Eines Tages ist Marie aus dem Haus gelaufen, direkt in ein Auto. Sie ist ein paar Monate später gestorben.
Ihr Vater hat nie aufgehört, meinen Eltern die Schuld zu geben, dass sie nicht besser aufgepasst hatten. Er ist damals weggezogen und aus meinen Leben verschwunden. 20 Jahre ist das her. Seit dieser Zeit lebe ich alleine."

Was für ein Unglück! Was für ein Pech! Zuerst war mir die ganze Szene peinlich gewesen, jetzt war das Mitleid stärker. Ich wusste aber nicht recht, was tun. Die Frau mir gegenüber war im Grunde eine Fremde.

Ich stand auf und nahm sie in die Arme. Sie begann heftig zu weinen. Dass ihr Schmerz nach so langer Zeit noch so roh war, schnitt mir direkt ins Herz.
Ich suchte aus dem Telefonbuch ein örtliches Restaurant heraus und bestellte ein Abendessen für uns beide.

Wir löffelten das chinesische Nullacht-fünfzehn Zeugs lustlos in uns hinein, bis Gerti plötzlich mit einem leichten Lächeln sagte: „Genug der Traurigkeit."

Sie hatte irgendwo im Haus einen vergessenen teuren grünen Tee, den wir nun mit Behagen schlürften.

„Ich bin so egoistisch", sagte sie. „Ich habe den ganzen Abend nicht gefragt, wie es dir geht. Außerdem würde ich gerne erfahren, warum du mich eigentlich aufgesucht hast?"

Alle meine vorbereiteten Antworten waren mit einem Mal nutzlos.

Die Wahrheit konnte ich ihr auch nicht sagen – mittelalterlicher Mann gibt seinen Launen nach, da er das Gefühl hat, seine besten Jahre wären hinter ihm.

„Mir ist der Sinn meines Lebens ein wenig abhandengekommen", sagte ich spontan und nicht so weit von der Wahrheit entfernt. Das war nun für sie ein Anlass, mich zu umarmen.

Ich erzählte ihr von meinen zahllosen Umzügen und diversen Reisen (meine Familie wollte ich angesichts der Umstände nicht erwähnen, hätte die Lage nur verkompliziert).

Mittlerweile war es spät geworden. Eine lange Fahrt zurück stand an.

Während ich geistesabwesend aus dem Fenster in die Dunkelheit hinausblickte und die Konturen meines Leihwagens suchte, sagte Gerti:

„Wo willst du übernachten? Du kannst auf der Couch im Wohnzimmer schlafen, wenn du möchtest." Ich drehte mich zu ihr um und wollte gerade den Kopf schütteln, als sie sagte. „Du kannst aber auch zu mir ins Bett kommen."

Was immer ich nun tun würde, war irgendwie schief gelagert. Sie abrupt zu verlassen, nachdem ich so rüde in ihr Leben eingebrochen war, schien falsch. Und wenn ich erotisches Begehren vorheuchelte, würde ich sie nur verletzen (und mir selbst auch keinen Gefallen tun). Ich entschied mich für die Couch. Gerti brachte ein Leintuch und ein Polster. Dann lehnte sie sich an mich und begann wieder zu schluchzen.

Danach stand sie auf und ging ins Bad. Um Himmels willen, in was für ein Wespennest habe ich mich da gesetzt? Sie kam zurück, in ein flauschiges Nachtkleid gehüllt.

Leider hatte sie sich auch irgendein Spray ins Haar gesprüht. Dummerweise bin ich bei zwei Sachen ziemlich empfindlich – bei piepsenden Stimmen und zuckrigen Gerüchen. Und ihr Haarspray war eindeutig der Note Himbeergeschmack zuzuordnen. Meine Nase begann sich allergisch zu kräuseln.

„Ich weiß, ich bin eine hässliche alte Frau", sagte G. plötzlich heftig. „Ich weiß auch, dass du mich nicht begehrst. Aber wenn du schon den weiten Weg zu mir gemacht hast, kannst du wenigstens so tun also ob? Kannst du mir den Gefallen tun?"

Selbst auf die Gefahr hin, nun als moralischer Schwachkopf beschimpft zu werden: Ihre offen gezeigte Verletzlichkeit erregte mich. Sie ging voran und ich folgte ihr ins Schlafzimmer.

Klugerweise machte sie kein Licht an. Sie zog die Vorhänge zu und mit einem Mal waren wir in ägyptische Finsternis getaucht. Ich ging vorsichtig tastend zu Werke, gleichzeitig fürchtend, dass meine Erregung jeden Moment verschwinden könnte. Irgendwie gelang der Balanceakt. Warum auch sollten die Jahresringe aus Speck zwischen uns stehen?

„Weißt du", sagte sie nachher, „ich bin jetzt zufrieden. Ich kann mich gar nicht mehr erinnern, wann ich das letzte Mal mit einem Mann zusammen war. Ich bin froh, dass du gekommen bist – auch wenn ich dir deine Motive für den überraschenden Besuch nicht abkaufe."

Logischerweise gab ich keine Antwort.

G. stand auf und ging zu ihrem Altar. Der viele Kaffee und der grüne Tee hielten mich den Rest der Nacht wach. G. legte sich wortlos hin und schlummerte friedlich ein.

Dass diese Begegnung keine Fortsetzung erfahren würde, war uns beiden bewusst. Ich schuldete ihr aber immer noch eine Antwort.

Am Morgen sprachen wir kaum miteinander. Sie schien sich vor dem grellen Licht des Tages zu fürchten, zu fürchten, dass ich ihre Kummerfalten und fahlen Haare und hängenden Wangen messerscharf sehen würde.

„Komm, Gerti, setz' dich neben mich." Ich strich ihr eine Strähne aus dem Gesicht und nahm ihre Hand. „Ich habe vor kurzem meine alten Tagebücher durchgeblättert und bin auf einige Einträge gestoßen, wo ich unsere wenigen Begegnungen festgehalten habe. Ich hatte plötzlich Lust gehabt, zu erfahren, wie es dir seither ergangen ist..."

„Und dann bist du einfach spontan auf Suche gegangen?"

Ich wollte auf den Zweifel in ihrer Stimme nicht eingehen und nickte einfach. Ich versprach ihr, zu schreiben, und fuhr nach Hause.

Die darauf folgenden Tage verbrachte ich einem leicht gelähmten Geisteszustand.

Frau wollte wissen, was mit mir los ist.

„Die Vergangenheit liegt mir auf der Seele", sagte ich, jede Diskussion im Keim abwürgend.

Ich war hin und her gerissen. Die vernünftige Seite in mir war selbstanklagend und vorwurfsvoll.

Die alte Abenteuerlust dagegen argumentierte: Ist zumindest nicht schief gegangen, oder? Ich beschloss, die ganze Episode in meiner moralischen Buchhaltung unter „guter Tat" zu verbuchen. War einfacher, von wegen Gewissen und so.

Vorläufig würde ich keinen weiteren Versuch wagen, Brücken in die Vergangenheit zu schlagen. Allerdings konnte ich nicht aufhören, mir auszumalen, wie sich weitere Treffen wohl entwickeln könnten.

Seufz. Früher oder später würde ich der Versuchung abermals erliegen, das war absehbar...

6.

Der Verlag, bei dem ich letztendlich gelandet war, hatte neben einer Tageszeitung auch diverse Fachmagazine, darunter zwei Tourismuszeitschriften.

Bei denen trudelten immer wieder Einladungen zu Pressereisen ein; manchmal waren richtig exotische Fernreisen dabei. Im Gegenzug verfassten wir dann glühende Artikel über die Destination und den Reiseveranstalter.

Ich kam selten zum Zug bei den guten Angeboten. Einmal offerierte man mir einen dreitägigen Ausflug nach Finnland. Aus purer Langeweile sagte ich zu.

Es war Juni, aber keineswegs im hohen Norden. Wir waren ein kleiner Trupp von freiberuflichen und in Verlagen angestellten Berufsschreibern, untergebracht in einem Kettenhotel in Tampere.

Andere mögen die Mitternachtssonne ja aufregend finden, ich fand sie bloß schlafraubend.

Die Hotelbar war verwaist, genauso die Straßen. Es war nicht richtig hell draußen, aber auch nicht wirklich dunkel. Wie ein alter Schwarzweißfilm, dem man nachträglich Ockerfarbe verpasst hat.

Ich wanderte ziellos herum. Zufällig stieß ich auf meine Kollegen, denen die Schlaflosigkeit gleichfalls zugesetzt hatte. Wir fanden eine Bar, die zwar offen hatte, aber ziemlich leer war.

Ich setzte mich neben eine Kollegin, deutete auf ihren Ehering, während ich gleichzeitig meinen eigenen beringten Finger hoch hielt: „Wir sitzen beide im gleichen Boot."

Sie verstand meine Anspielung und starrte ein wenig verlegen in ihr Glas. Und sie war immer noch verlegen, als ich sie mit aufs Zimmer nahm. Ich versuchte, sie langsam zu entblättern. Doch sie stand nur stocksteif da.

Daraufhin versuchte ich, ihr wieder in die Wäsche zurück zu helfen, als sie plötzlich unerwartet heftig sagte: „Aber ich will ja!"

Bloß war es jetzt schon 3 Uhr morgens und ich war hundemüde und gelangweilt. Dummerweise war mir exakt in diesem Augenblick mein halb vergessenes Projekt wieder eingefallen. Spontan fragte ich sie, wo sie aufgewachsen war. „Osttirol."

Da dachte ich unweigerlich an die verrückte Hannah, die war auch von dort. Mir war plötzlich so elegisch zumute, dass ich wie ein heimwehkranker Dackel ausgesehen habe musste.

Meine Journalistenkollegin schlich zur Tür hinaus, ohne dass ich es bemerkte.

Ich brauchte einen Vorwand, nach Osttirol zu kommen.

Ich bat die Chefredakteurin des Reisemagazins, für das ich den Finnland-Artikel verfasste, mir doch Bescheid zu geben, falls demnächst der Süden Österreichs auf dem Programm stand.

Es war in der Tat eine Kärnten-Reportage vorgesehen, die allerdings schon an einen anderen Schreiberling vergeben war. Ich studierte kurz die Landkarte und rückte mit dem Vorschlag an, einen Bericht über eine Gegend abseits der üblichen Tourismusrouten zu verfassen.

Konkret wollte ich statt der Badeseentour den werten Lesern die Lienzer Dolomiten vorstellen. Von dort war es nicht weit, wo ich eigentlich hin wollte, nämlich nach Lienz in Osttirol.

H. ausfindig zu machen, war nicht weiter schwer, da sie nie geheiratet hatte und nach der Uni in ihr Kaff zurückgekehrt war. Die völlig unberechenbare H... Ich konnte mich noch gut an das hübsche Gesicht erinnern, die runden Brillen mit Stahlgestell, ihre blonden Locken.

Als sie auf mein Läuten die Tür öffnete, erkannte ich die Frau, die da vor mir stand, nicht im Geringsten. Andererseits sind 26 Jahre eine verdammt lange Zeit für ein löchriges Erinnerungsvermögen.

Ich hatte meinen Besuch ganz altmodisch mit einem handgeschriebenen Brief angekündigt. Sie hatte zur Begrüßung eine Torte mit Zuckerguss gebacken.

Während sie ein Stück abschnitt, beobachtete ich sie heimlich. Ihre einst strohblonden Haare waren unter den violett gefärbten Strähnen kaum noch zu erahnen. Ich studierte ihr Gesicht und konnte allmählich die alten Konturen erkennen.

Fragen zu stellen, brauchte ich keine. Wie auf Knopfdruck floss ein Redeschwall aus ihr hervor, als wäre ich der lange vermisster Bruder, dem sie ihr ganzes Leben ausbreiten musste. Gelegentlich konnte ich seitlich eine Zwischenfrage einschieben, doch dann assoziierte sie munter weiter, von einem Thema zum anderen hüpfend.

Die Torte war gut, wenn auch zu süß. Sie war bereits bei der dritten Portion angelangt. Ich versuchte mich zu dem Gedanken zu zwingen, wie es wohl wäre, unser einst begonnenes Liebesprojekt weiterzuführen. Aussichtslos, da stellte sich keine anreizende Vorstellung ein.

Also horchte ich ihr aufmerksam zu. Nebenbei studierte ich ihr Gesicht und dachte daran, was für eine grausme Erfindung doch Spiegel für ältere Leute wie uns sind.

Nach ihrem Ethnologiestudium hatte ich sie in irgendeiner staatlichen Institution vermutet, aber sie war einen ganz anderen Weg gegangen: *Seelenführerin*. Sie sagte das so strahlend (und so von ihrer Berufung überzeugt), dass ich nur bewundernd nicken konnte. Hauptsächlich suchten die Kunden – fast alle Frauen – sie wegen ihrer hellseherischen Begabung auf.

Ich war neugierig, wie das funktionierte. Sie verließ sich hauptsächlich auf Träume, hatte aber auch Kontakt mit Toten, wie sie sagte. Ich unterdrückte ein Stirnrunzeln im letzten Moment. Viele Kunden verlangten – als Beweis ihrer übersinnlichen Fähigkeiten – nach einer Botschaft von verstorbenen Angehörigen. H. beglückte sie dann mit irgendeinem Detail, das sie nicht einfach erraten haben konnte. Das beeindruckte die werte Kundschaft mordsmäßig. Dann erst kam die eigentliche Beratung.

Während sie mir ihre Arbeit in großzügigen Details schilderte, fasste sie mich scharf ins Auge. Unvermutet legte sie eine Hand auf meinen Unterarm und sagte beinahe beschwörend: „Du hast auch eine hellseherische Begabung!"

Mein Gesicht muss in diesem Augenblick ganz ungarisch ausgesehen haben, eine Mischung aus Rot, Weiß und Grün.

„Äh, ich habe mich einmal für Astrologie interessiert, aber meine Erfolge als Sternendeuter waren alles andere als..."

„Ich weiß", unterbrach sie mich. „Nachdem ich deinen Brief erhalten habe, habe ich sofort dein Geburtsdatum recherchiert und mir dein Horoskop angesehen."

„Aber du weißt doch meine Geburtszeit gar nicht."

„Brauche ich auch nicht."

Sie erhob sich erstaunlich geschmeidig und kam mit ein paar Blättern Papier zurück.

„Ich habe ganz einfach deine Planeten über mein eigenes Geburtshoroskop darüber gelegt."

Ich blickte sie zweifelnd an.

„Da, schau her, wir haben einiges gemeinsam. Du hast so wie ich den Mond und den Mars in den Zwillingen. Ich weiß genau, wie sich das anfüllt."

Ich hatte nun komplett den Faden verloren. Dass sie das ganze Gespräch praktisch im Alleingang bestritt, störte mich nicht weiter. Ich hatte allerdings keine Ahnung, worauf sie hinaus wollte.

„Der Mond repräsentiert deine seelischen Eindrücke", dozierte sie mit einer Bestimmtheit, als wäre sie zu einem Fachvortrag eingeladen.

„Der Mars aber will immer etwas für sich, wenn nötig, mit Gewalt."

„Was sollte ich daraus schließen?"

„Der Mond ist besonders in den ersten Jahren des Lebens aktiv. Ich nehme an, dass du als Kind viele Probleme hattest. Vermutlich warst du dich unsicher, hattest Angst vor bösen Kerlen, warst in Schlägereien verwickelt."

Ich hatte plötzlich einen Kloss im Hals und nickte nur.

„Vielleicht hat dich diese frühe Erfahrung geprägt und dein inneres Radar nimmt ständig Konflikte wahr, wo immer du gehst."

Teufel, noch mal, das stimmte haargenau. Mein ungarisches Gesicht musste jetzt wohl österreichisch geworden sein: blasse Nase zwischen zwei knallroten Ohren. Ich hatte das Gefühl, diese hellsehende Frau konnte wirklich unter Persönlichkeitsfassaden blicken.

„Außerdem sehnst du dich nach Aufregung. Und du langweilst dich schnell, nicht?"

„Wenn du schon so präzise in meiner Seele umrühren kannst: Was ist mit dir? Du hast doch dieselbe Konstellation in Deinem Geburtshoroskop...?"

Bisher hatte sie mich aufmerksam, geradezu mit bohrenden Blicken angesehen, doch jetzt senkte sie ihre Augen. Ein Anflug von Verzweiflung lag auf ihrem Gesicht.

Eine Weile sagte sie nichts. Als sie sich mir wieder zuwandte, hatte sie Tränen in den Augen. Ich ahnte, was in ihr vorging, als mir P. einfiel, der Quälgeist meiner jungen Jahre.

Mit einem Mal war mir auch klar, warum sie sich manchmal so abrupt verhalten hatte, dass ich sie im Stillen die ‚verrückte Hanni' getauft hatte. War gar nicht nötig, dass sie mir ihre schmerzhaften Kindheitserfahrungen aufrollte.

Unser Schweigen wurde allmählich ungemütlich, weshalb ich sie drängte, mehr von ihrer Vergangenheit zu erzählen. Stattdessen sagte sie in einem etwas scharfen Ton: „Ich weiß auch, warum du zu mir gekommen bist."

„Haben dir das auch deine Sterne verraten? Oder waren es die Toten?"

Ich wollte sie auf keinen Fall hänseln, aber mir war, offen gestanden, reichlich ungemütlich zumute. Zum Glück hatte ich sie hier unterschätzt. Keine Spur mehr von Gefühlsausbruch und schlimmen Erinnerungen an jugendliche Schmerzen.

Stattdessen stand sie auf, blickte mich spitzbübisch an und sagte im Ton professioneller Schelme:

„Wir werden nun gemeinsam die Karten befragen, warum du hier bist."

Allmählich wurde die Luft schwül im Zimmer. Sie kam zurück mit einem Paket Tarotkarten. Sie mischte kurz, legte den Kartenstoß vor mich hin und ermunterte mich, abzuheben. Ich versuchte zu protestieren: „Sollten wir nicht vielleicht irgendwohin Essen gehen...".
Sie würgte meinen kläglichen Versuch, sie abzulenken, auf der Stelle ab. „Ach was, das ganze dauert bloß drei Minuten. Ich nehme jetzt die obersten drei Karten. Die erste verrät mir, was du im Schilde führst; die zweite wird meine eigene Lage schildern, und die dritte wird anzeigen, was es mit uns beiden auf sich hat."

Während sie dies sagte, legte sie drei Karten verkehrt vor sich hin und drehte dann betont langsam die erste um. Da waren drei Personen zu sehen, ein Mann zwischen zwei Frauen, über ihnen ein Engel mit Pfeil und Bogen schwebend. Am oberen Rand stand eine römische VI, am unteren „Die Liebenden". Ich sah sie an, wie man eine Kuh auf der Wiese anblickt, nachdem man in einen ihrer Fladen gestiegen ist. Das war doch ein Gauklertrick?!

Doch H. war nicht zu bremsen; sie war richtig aufgekratzt vom Kartenlegen.

„Der Mann hier bist eindeutig du, eine dieser Frauen ist wohl deine Ehegattin, die andere deine Geliebte. Oder bist du auf der Suche nach einer? Möchtest du zwei Frauen haben? Oder kannst du dich zwischen zwei Frauen nicht entscheiden?"

Ich stand auf, ging zur Abwasch und holte mir ein Glas Wasser. Ich traute den Karten keinen Moment; aber dass die harmlose Hannelore so abgefeimt und raffiniert sein konnte, hatte ich nicht erwartet. Vielleicht hatte ich sie auch nie richtig gekannt. Das Ganze wirkte auf mich wie ein gelungener Bühnentrick.

Ich räusperte mich: „Und, was sagt die dich betreffende Karte?" Sie antwortete nicht, schien geradezu in Meditation versunken.
Ich blickte über ihre Schulter.
Die zweite Karte, die sie eben umgedreht hatte, hieß „Königin der Stäbe". In diesem Moment hatte ich einen guten Einfall:

„Um sicher zu gehen, dass du mir keine Bären aufbindest und dir irgendwelche Interpretationen zurecht legst, würde ich gerne selber in einem Tarotbuch nachsehen. Hast du eines?"

Sie hatte in der Tat.

Ich schlug die passende Seite auf, wo eine Reihe von Stichwörtern zu den einzelnen Tarotkarten angegeben war. ‚Eine starke Persönlichkeit' stand da unter den positiven Eigenschaften der *Königin der Stäbe.*

Unter den eher herausfordernden Aspekten war ‚Angst vor dem Unbekannten' aufgelistet. Ich las ihr diese Passage vor und suchte ihren Blick. Sie wich aus. Ich wollte sie aber nicht so billig davonkommen lassen: „Was bedeuten eigentlich ‚Stäbe'?"

„Sie repräsentieren Energie, Kreativität, Leidenschaft..."

„Auch Sex?"

Sie nickte. Ich las den Rest der Beschreibung durch und da stand in der Tat, „Hat gerne Sex."

Die Luft war noch schwüler geworden.

„Was besagt die dritte Karte?"

Bevor ich sie identifizieren konnte, hatte sie ihre Hand darauf gelegt. „Hab' ich da nicht irgendwelche Kelche gesehen?"

Sie nickte. Ich blätterte im Buch herum. Anscheinend sammeln sich in diesen Gefäßen allerlei Gefühle.

„Und, was ist deine Schlussfolgerung – was bedeuten diese Gefühlsbecher, die du vor mir verbirgst? Was hat dich und mich zusammengebracht?"

Ich bin nicht ganz sicher, aber ich glaube, in diesem Moment muss ich die Luft lange angehalten haben, so lange, bis ich einen ersticken Atemlaut produzierte. Sie blickte mich fragend an und sagte ganz unvermittelt. „Willst du die Nacht über bleiben?"

Wollte ich eigentlich nicht. Aber da wir schon beim Thema waren, knüpfte ich einfach dort an, wo wir einander das letzte Mal gesehen (und berührt) hatten.

„Weißt du noch, als du von deiner Afrikareise heimgekommen bist? Du hast dich in ein Taxi gesetzt und mich abgeholt. Wir sind dann bei dir im Bett gelegen. Plötzlich war da ein Anruf, ich versuchte dich festhalten, aber du wolltest unbedingt abheben. Muss wohl eine Stunde gedauert haben, dieses unselige Gespräch. Ich nehme an, das war einer deiner Liebhaber. Jedenfalls war der Zauber zwischen uns verflogen, als du ins Bett zurückgekommen bist."

Sie blickte auf ihre rot lackierten Fingernägel und schüttelte den Kopf:

„Nein, ich kann mich nicht mehr erinnern."

Dann fragte sie mich mit unerwarteter Heftigkeit:

„Warum hast du diese Szene so exakt im Kopf behalten?"

Ich gestand ihr, dass ich einen vagen Plan hatte, meine erotischen Erlebnisseen aufzuzeichnen.

„Und da komme ich auch vor?"

Ich nickte und hoffte gleichzeitig, dass sie ihre Übernachtungseinladung vergessen hatte.

„Vielleicht hast du das zuerst falsch verstanden", sagte sie plötzlich mit einem bitteren Unterton in der Stimme, „ich hatte das mit dem Übernachten bloß freundschaftlich gemeint. Ich hatte keinesfalls geplant, dich in mein Bett zu locken."

Mein Gesicht musste mittlerweile der japanischen Flagge gleichen, ein rotes Meer mit einer kleinen weißen Insel darin (meine angstgeweiteten Augen;=). Ich fühlte mich seelisch seltsam nackt vor ihr.

Es tat mir leid, dass die angeregte Stimmung von vorhin nun so ernst und angespannt worden war. Da hatte ich eine Idee:

„Du hast doch vorhin, noch bevor du die Karten geholt hattest, irgendetwas angedeutet, du wüsstest, weshalb ich dich aufgesucht habe. Ich wäre doch zu neugierig, was dir deine Himmelsboten da eingeflüstert haben..."

Für einen kurzen Moment errötete sie. Sie stand auf, holte eine Flasche Sherry aus dem Schrank und setzte uns beiden ein Gläschen vor.

Während wir an dem spanischen Rebensaft nippten, begann sie mit dem Zeigefinger der linken Hand unsichtbare Muster auf den Tisch zu malen. Hoffentlich keine magische Beschwörungsformel.

Wir tranken noch ein paar Gläser, mehr oder minder schweigsam. Nach Davonlaufen war mir jetzt nicht mehr zumute. Wenn schon, denn schon: Du hast dich in die Höhle der Löwin gewagt, Benno Hasenfuß, jetzt harrst du auch aus!

„Weißt du, ich habe vorhin nicht die Wahrheit gesagt. In Wirklichkeit kann ich mich noch recht gut an unser letztes Zusammensein erinnern. Und ich würde mich sehr freuen, wenn du die Nacht über bleibst – bei mir im Bett."

Jetzt war es an mir, die Augen zu senken. Ich begehrte sie wirklich nicht, und alle Versuche, die Fäden der Vergangenheit neu aufzurollen, waren bisher kläglich schief gelaufen.

Draußen war es dunkel geworden. Ich hatte den Abstecher von Kärnten nach Lienz mit einem öffentlichen Bus gemacht, und da würde garantiert keiner mehr in der Nacht zurückfahren. Praktisch wäre es schon, zu bleiben. Allerdings verursachte der Gedanke an Sex eher das Gegenteil in meiner Hose: volle Kraft zurück.

Als hätte sie meine Gedanken erraten, sagte sie in beinahe anklagendem Ton: „Vorhin, an der Türe, war der erste Eindruck auf deinem Gesicht alles andere als freudiges Wiedererkennen. Aber bilde dir nichts ein – der hübsche Jüngling von früher bist du auch nicht mehr."

Erstaunlich, welch scharfen Blick manche Frauen für die allerkleinsten Details haben. Ich bin mir sicher, dass ich nicht auffallend enttäuscht aus der Wäsche geschaut habe. Schlimmstenfalls ein winziges Runzeln mit dem äußeren Ende der linken Augenbraue.

Außerdem, was wollte sie eigentlich mit ihrer Anspielung auf meinen spiegelblanken Kopf, auf dem seit Jahren die Härchen Verstecken spielen, erreichen? Ich wusste nicht, was sagen. Sie interpretierte meine Stillschweigen offenbar als Zustimmung oder als Bekenntnis meiner Schuld ... und blickte mir nun direkt in die Augen.

Ihre Unterlippe und ihr Kinn zitterten leicht. Wie kam ich da wieder heraus? Nur mittels Ablenkung.

„Äh, ich glaube, ich bin hungrig. Gibt es hier ein Gasthaus in der Nähe?"

„Ich schieb dir später eine Pizza ins Rohr. Jetzt haben wir keine Zeit dafür. Ich will genau dort weiter machen, wo wir das letzte Mal gestoppt haben."

„Du erinnerst dich also wirklich?"

Sie nickte.

„Du hattest dein Knie zwischen meinen Schenkeln und eine Hand auf meiner Brust."

Ihre direkte, herausfordernde Art blieb nicht ohne Wirkung. Und die Hexe merkte es auch. Sie nahm mich einfach bei der Hand und zog mich in Richtung Schlafzimmer.

Sie zündete mehrere Kerzen an, kam zu mir her und begann mein Hemd mit einer Selbstverständlichkeit aufzuknöpfen, als wären wir Zeitreisende, beide blutjung und voller Lebenssaft.

Ich strich ihr die Haare aus dem Gesicht und küsste sie vorsichtig. Ihr Mund schmeckte nach Zucker und Zimt. In meinem Geiste beschwor ich das Bild der H. von einst und ich bin mir sicher, sie tat das gleiche und dachte an Jung-Benno mit vollem Haupthaar.

Sie war warm und weich und saugte mich auf wie ein Gumminapf. Es war nicht stürmische Leidenschaft, aber ein Spaziergang im Garten des Pensionistenheims war es auch nicht. Sie konnte ganz schön heftig zurückstoßen. Als sie tief seufzte, blieb ich noch in ihr.

Danach rollte sie zur Seite und begann zu schnarchen.

Sie war doch glatt eingeschlafen. Sie hatte Übung im Verführen, das musste ich ihr lassen. Diesmal kein Fall von trauernder Witwe. Daran könnte man sich gewöhnen...

Ich schlich mich leise aus dem Zimmer, suchte nach dem Bad und wusch mich. Mein Magen knurrte unüberhörbar weshalb ich mir ein paar Käsescheiben aus dem Kühlschrank klaute. Dann rieb ich mir Zahnpaste auf das Zahnfleisch und die Zähne, gurgelte ordentlich und legt mich neben sie ins Bett.

Ich brauchte lange, bis ich in der fremden Umgebung einschlafen konnte. Als ich aufwachte, war H. schon dabei, ein Frühstücksmüsli zuzubereiten. Seltsamerweise erwähnten wir beide die Nacht zuvor mit keinem Wort.

Es war, als hätten wir ein lange offenes Kapitel nun abgeschlossen. Es war an der Zeit, im Buch des Lebens umzublättern.

„Du hast mir ein schönes Geschenk gemacht", sagte sie breit grinsend und winkte zum Abschied.

War das eine Anspielung auf den großen, teuren Blumenstrauß, den ich ihr zur Begrüßung mitgebracht hatte? Ich könnte schwören, in diesem Moment stand die junge H. auf der Veranda.

Hexe!

Jedenfalls war ich nach dieser überraschend glücklichen Wendung der Dinge entschlossen, mein Projekt der Vergangenheitserweckung fortzuführen.

Diesen Hochmut würde ich am Ende sehr bereuen. Aber vorläufig stand das Schicksal noch auf meiner Seite.

Lust

7.

Der Frühherbst war immer noch warm, fast so heiß wie der Sommer. Meine Schwiegermutter hatte Frau und Kinder zu einem mehrwöchigen Mittelmeerurlaub eingeladen. Mich allerdings hasste sie, weshalb ich mutterseelenallein in unserer Wohnung auf und ab wanderte, während die Sippe sich vergnügte. Ich hatte mich an dieses Abgelehnt- und Zurückgestoßen werden im Laufe meines Lebens schon gewöhnt, aber diesmal ärgerte mich das Arrangement.

Und ich war auch wütend, dass Frau mitmachte („der Kinder wegen" – pah!). Der Zorn kochte heiß in mir. Es bedurfte keiner großen inneren Überredung, um meine Namensliste hervor zu kramen.

Ich wollte unbedingt Amelia wieder treffen. Wir hatten einander regelmäßig auf der Uni gesehen, aber sie teilte damals mit einem festen Freund eine Wohnung. Gelegentlich hatte sie einige Studienkollegen zu einem literarischen Salon eingeladen.

Wir kochten Spaghetti und tranken Rotwein und kamen uns furchtbar cool vor, Schriftsteller zu diskutieren, als wären wir im Paris der 1960er Jahre. Das Ganze war mehr Pose als tiefsinniger Austausch. Weshalb die Salonidee bald wieder einschlief.

Ich ging mit Amelia einmal ins Kino und als wir danach gemeinsam auf den Bus warteten, nahm sie mich bei der Hand und sagte zärtlich: „Ich weiß, wir könnten es tun. Mir wäre es aber lieber, wenn wir es bei der Möglichkeit belassen würden."

Ich streichelte ihre Wange und sie umarmte mich. Ich glaube, in diesem Moment waren wir beide ein wenig verliebt in einander. Ich war ohnehin solo, und ihr Freund beeindruckte mich offen gestanden nicht. Ich wollte sie aber nicht drängen. Sie war von zartem Gemüt und verdiente es, wie eine lichtscheue Orchidee behandelt zu werden.

Genau so hatte ich es in meinem Tagebuch notiert. Aber jetzt, dachte ich, war die Zeit gekommen, die damals so zart angedeutete Möglichkeit zu testen. Ich erinnerte mich noch gut an ihr hübsches Gesicht und ihre schlanke Figur und ihr nervöses, intelligentes Wesen. Ich wusste auch, dass ihre Eltern ein Hotel in Südtirol besaßen. Im elektronischen Telefonbuch fand ich ihren Namen allerdings nicht. Vermutlich hatte sie die Pension geerbt, geheiratet und führte nun das Haus unter einem anderen Namen.

Vielleicht hatte sie das Anwesen auch verkauft und war ganz woanders hingezogen. Es machte nicht viel Sinn, geradewegs nach Bozen aufzubrechen.

Ich musste auf eine bessere Idee warten.

Und ich wusste auch, wie ich die Zeit überbrücken würde. Ganz oben auf meiner Liste stand die Schwester meines besten Freundes längst verflossener Zeiten. Emma zu finden, war nicht schwer.

Ich hatte sie einst heftig begehrt, aber sie hatte damals nur Augen für ältere, erfahrenere Männer gehabt. Wir waren einander im Laufe der Jahre gelegentlich begegnet, und sie hatte angedeutet, dass sie wusste, wir sehr verletzt ich damals war – und dass sie nichts dagegen hätte, es gut zu machen.

Irgendetwas stand aber immer zwischen uns, und wir fanden nie recht zueinander. Sie war einmal kurz verheiratet gewesen, lebte aber seither in kürzeren und längeren festen und halbgaren Beziehungen. Sie hatte zwei große Lieben, ihre Arbeit und die Männer.

Mit zunehmendem Alter war ihr der Beruf immer wichtiger geworden. Aber sexy war sie immer noch. Als ich sie anrief, hörte sie meiner Litanei nicht lange zu und sagte einfach: „Komm!"

Sie begrüßte mich, als hätten wir gerade vergangenes Wochenende einen Flirt hingelegt. In einer Hand hielt sie eine Zigarette, in der anderen ein Glas Sekt.

Gekleidet war sie in einen dunkelblauen, seidenen Bademantel, der bis zum Nabel aufklaffte. Da war keine Vorrede nötig.

Ich umarmte sie, und sie küsste mich, ohne dabei die Zigarette oder das Sektglas abzustellen.

Ich wusste noch von früher, dass sie irische Volksmusik liebte, weshalb ich ihr eine Sammlung seltener CDs mitgebracht hatte. Sie wollte zu der traurig-lustigen Musik unbedingt mit mir tanzen.

Dass sie nebenbei den Gürtel und Reißverschluss meiner Jeans öffnete, war geradezu selbstverständlich. Ich massierte ihre schweren Brüste, während sie mit geschickter Handarbeit meine Standfestigkeit erhöhte.

„Nett, dich wieder zu sehen", sagte sie mit krächzender Stimme, während sie mein Gemächte kraulte.

Jetzt war keine Zeit mehr für spielerischen Spott. Ich kam viel zu rasch und beklagte meine erzwungene Enthaltsamkeit. Sie lächelte bloß und flößte mir Sekt ein.

Sie war auf eine so entspannte, selbstbewusste Art geil, dass ich glatt meine zunehmende Müdigkeit verscheuchen musste. Sie schien einfach nicht genug zu kriegen. Mir tat das Kreuz schon weh, als sie fröhlich ein gemeinsames Bad vorschlug.

Es war lange nach Mitternacht, als wir in die dampfende Badewanne stiegen. Hatte ich noch nie zuvor in der heißen Jahreszeit gemacht. Natürlich fing sie wieder mit ihren Spielchen an, aber das Ganze wurde mir allmählich zu anstrengend. War ja schließlich kein Jungspund mehr.

Am nächsten Morgen gab sie sich kuschelweich. Schnurrte wie ein Kätzchen. Sie gestand mir, dass sie mich liebte – aber darauf würde ich nicht hereinfallen; mir war klar, dass das Wort „Liebe" sie wieder anturnen würde. Im grellen Sonnenschein des Tages sah die ganze Situation lange nicht mehr so verführerisch aus wie im samtenen Dämmerlicht des vergangenen Abends.

Ich sollte diese Sexbombe entschärfen, warnte eine Stimme aus dem seelischen Untergrund, sonst würde man mich auf einer Trage aus ihrem Schlafzimmer abtransportieren müssen. Mir war ohnehin die Lust auf Matratzentango vergangen.

Ich grübelte, wie ich mich aus der ganzen Angelegenheit herauswinden konnte, als sie fröhlich fragte: „Wann sehen wir uns wieder? Ich möchte noch viele solcher Nächte mit dir verbringen."

„Lass dich überraschen", sagte ich ausweichend.

Dass ich verheiratet war, war ihr völlig egal. Sie hatte schon so viele Affären mit Ehemännern gehabt, dass ihr das wie der Normalzustand vorkam. Im sich spontan Verlieben war sie Weltmeisterin.

„Ich habe versprochen, meine Eltern in München zu besuchen", log ich ungeniert. „Aber auf dem Rückweg komm' ich wieder bei dir vorbei". Sie strahlte vor Freude und zwickte mich zum Abschied kräftig in den Hintern.

Selbst in meinen Tagträumen hätte die Suche sich nicht besser entwickeln können. Irgendein Liebesgott schien auf meiner Seite zu stehen und mein Vorhaben zu fördern.

Gleichzeitig schwante mir auch, dass ich mich verirrt hatte, dass ich nun Wege einschlagen würde, die in die Irre führten. Diese Art von erzwungener Begegnung – ein bloßer Gelegenheitsfick – würde ich nicht mehr anstreben, schwor ich mir.

Wäre ich weiser gewesen, hätte ich auf der Stelle voller Dankbarkeit die Heimreise angetreten. Aber ich war gierig. Dachte, es stünde mir zu, mit beiden Händen voll ins Leben zu greifen.

In fremden Seelen zu wühlen, Vergangenes einfach ungeschehen zu machen und Zukünfte heraufzubeschwören, als wäre ich ein kleiner Gott.

Wie gesagt, ein weiser Mensch weiß, wann es genug ist. Ein weiser Mensch spürt auch, dass es eine Grenze gibt, für deren Übertreten ein Preis fällig wird.

Aber in meinem überdrehten Hochmut hätte ich ein solches philosophisches Ansinnen verächtlich zurückgewiesen.

8.

Von wegen München. Meine betagten Eltern waren des Klimas wegen in die bayrische Hauptstadt gezogen, der Norden war ihnen zu kalt geworden.

Leider hatte ich mit ihnen schon lange kein gutes Verhältnis mehr. Weder sie noch ich mochten Pflichtbesuche. Und so waren wir in ein langjähriges Schweigen eingetaucht, bloß unterbrochen durch diverse Weihnachts- und Geburtstagsglückwünsche.

Nein, nach München würde ich jetzt nicht fahren. Nach Bozen aber schon.

Ich musste in Innsbruck Zwischenstation machen. Auf der langen Zugfahrt in die Tiroler Hauptstadt beschloss ich, meine erotischen Erinnerungen aufzuzeichnen.

Während ich ein paar Erlebnisse, die mir spontan einfielen, auf einigen Fetzen Paper notierte und so vor mich hin sinnierte, fiel mir mit einem Mal ein Muster auf.

In jungen Jahren hatte ich immer der Liebe hinterher hecheln müssen, immer darauf wartend, dass eine der Göttinnen mir kostbare Minuten ihrer Aufmerksamkeit schenkt. Oder gar bereit war, einen erotischen Wunsch zu erfüllen.

Jetzt plötzlich schien die Sache umgekehrt zu sein – die Frauen wollten mich ... und ich wollte nicht mehr. Welch seltsamen Streiche einem das Leben spielt!

In Innsbruck wohnten einige meiner ehemaligen Studienkollegen, die ich gerne wiedersehen wollte. Beruflich waren wir alle mehr oder weniger auf Abstellgeleisen gelandet (kommt davon, wenn man Jahre mit einem Orchideen-Studium zubringt und jede Frage nach Einkommen erhaben von sich weist).

Auf diffuse Weise fühlten wir uns zu Schriftstellern berufen, hatten aber weder das Talent, noch die Ausdauer dazu. Trotzdem war es lustig, die alten Kommilitonen aufzusuchen.

Was sich als ein außerordentlicher Glücksfall herausstellte, da die Kerle im Jahr davor ein Treffen veranstaltet hatten, bei dem auch A. aufgetaucht war. Ja, es gehe ihr gut. Gerhard, der die Zusammenkunft organisiert hatte, gab mir sogar ihre Adresse.

Plötzlich fühlte ich ein flaues Gefühl im Magen. Die sensible Amelia zu treffen, würde nicht so harmlos ausgehen, wie die vorherigen Treffen. Das spürte ich im Zwerchfell.

Während ich anderntags meinen schweren Kopf auslüftete, überlegte ich, was tun.

Ich könnte mir eingestehen, dass mein Projekt der Vergangenheitserweckung eine einfältige Idee war, die auf der Stelle begraben gehört.

Oder ich konnte Amelia anrufen und telefonisch erkunden, ob sie sich auf einen Besuch von mir freuen würde.

Oder ich würde einfach und höchst dramatisch an ihrer Türe läuten und fragen: „Wie wär's mit uns zweien?"

Zu meiner Schande muss ich gestehen, dass ich diese durchaus gewichtige Frage nicht reiflich überlegte. In meiner unausgewogenen Seelenlage war die dritte Möglichkeit bei weitem die reizvollste.

Ich verabschiedete mich von meinen alten Freunden und enterte einen Zug über den Brenner. Während wir gegen Süden zuckelten, wurde mein mulmiges Gefühl immer stärker.

Normalerweise höre ich auf solche Warnsignale, aber diesmal war mein Wahn stärker. Ich rechtfertigte meine Entscheidung damit, dass dies das Ende meines Projekts sein wurde, mein letzter Ausflug in die Vergangenheit.

Dieser geheuchelte Verzicht verscheuchte aber nicht die Frage, die wie Migräne in meinem Hirn herumbohrte:

Was willst du eigentlich?

Selbst wenn du in deiner Blödheit keinen Schaden anrichtest und alles paletti verläuft – was erhoffst du dir von Begegnungen mit alten Fast- und Ganzlieben?

Willst du dich auf diese Weise noch einmal jung fühlen? So tun, als wäre die seither verflossene Zeit komprimierbar?

Der Zug kam spät nachmittags in Bozen an und ich wollte auf der Stelle los und das Haus von A. suchen.

Doch da verließ mich plötzlich der Mut. Ich verbrachte eine schlaflose Nacht in einem dieser reizlosen Hotels in Bahnhofsnähe. Am nächsten Morgen sah ich zum Abgewöhnen schlecht aus. So konnte ich A. nicht gegenüber treten. Außerdem sollte ich sie wirklich vorher anrufen.

Ich schlenderte durch die Stadt auf der Suche nach einer Verwöhnanstalt. Nach einer Massage schlummerte ich auf einer der Liegen ein. Als ich aufwachte, fühlte ich mich völlig belämmert. Ich hatte den ganzen Tag viel zu wenig getrunken und nun hämmerte eine Horde Handwerker in meinem Kopf, dass es mir vor den Augen nur so flimmerte.

Ich ging etwas essen, kaufte mir in einer Apotheke Schlaftabletten und suchte nach einem Hotel in einer ruhigen Seitenstraße.

Tags darauf ging ich, von einer schlechten Vorahnung getrieben, zum Bahnhof, um eine Rückfahrkarte zu lösen. Vor dem Schalter blieb ich abrupt stehen, als hätte mich ein Magnet im Rücken eingebremst.

Hinter mir drängte jemand. Ich entschuldigte mich und ging wieder nach draußen. Die Sonne stand heiß und hoch am Himmel und es wehte ein aufreizend warmer Föhnwind, als ich einem Taxifahrer die Adresse von A. gab.

Ganz ehrlich, mein Finger zitterte, als ich die Türglocke betätigte. Ich erkannte sie auf Anhieb. Sie schien sich nicht im Geringsten verändert zu haben. Sie öffnete ihre Arme und rief unerwartet theatralisch:

„Endlich! Mein Liebster! Ich habe so lange auf dich gewartet!"

Was? Das kann doch nicht wahr sein!

„Jahrelang hab ich gebetet und gebetet – und nun hat Gott mich erhört!"

???????

Wenn mir in diesem Moment eine Planierraupe über die Füße gefahren wäre, hätte ich vermutlich nicht dümmer ausgesehen. Sie brach in schallendes Gelächter aus.

„Schau' nicht so entsetzt", sagte sie in ihrer fröhlich-hellen Stimme, die mir unter die Haut fuhr.

„Gerhard hat mich gestern angerufen und gestanden, dass er dir meine Adresse gegeben hat. Ich habe also mit deiner Ankunft gerechnet. Und ich freue mich riesig."

Diese Schelmin! Erleichtert umarmte ich sie und küsste sie auf beide Wangen, dann direkt auf den Mund. Sie errötete und blickte mich so kokett an, dass ich spüren konnte, wie meine Herzfäden sich zusammenzogen und zu einem Liebesball verknoteten.

Amelia war eine jener seltenen Menschen, mit denen ich aus dem Stand weg das beste Gespräch haben konnte.

Mit anderen ist es genau das Gegenteil: Man zermartert sich das Hirn, was man wohl als nächstes sagen könnte, und kommt dennoch nie auf eine gemeinsame Wellenlänge.
Mit A. war das ganz anders. Wir knüpften unser Gespräch dort an, wo wir vor vielen Jahren aufgehört hatten. Wir redeten bis spät in die Nacht hinein, ehe sie ihren Kopf an mich lehnte und einfach einschlief.

Was nun folgte, war pure Wonne. Wir verbrachte Tage von einer solchen Leichtigkeit, dass ich sie am liebsten festgenagelt hätte. Tief drinnen wusste ich natürlich, dass unser Glück nur von kurzer Dauer sein würde – aber diesmal machte mich dieses Wissen nicht wie sonst schwerfällig und traurig und ungerecht.

Einfach einmal den Seelenpanzer vergessen zu können, luftig und leicht zu leben wie die Bienen in der besten Blütensaison. Wir fuhren für zwei Tage an den Gardasee und stiegen in einem hübschen, alten Hotel in Garone ab.

Es war zwar schon Ende September, aber das Wasser war noch angenehm warm. Ich beobachtete ihre schlanke Bikinifigur mit Blicken, die selbst eine Puffmutter zum Erröten gebracht hätte.

Das war ein unausgesprochenes Thema zwischen uns. Ich spürte, dass sie sich aus Sex wenig machte – für ihren zarten Feingeist war eine dumpfe fleischliche Begegnung einfach zu roh. Ich wollte sie nicht drängen; sie wusste ohnehin, dass es früher oder später geschehen würde.

Der zweite Tag war noch heißer als der erste. Am Abend standen wir auf dem Balkon und genossen die laue Nachtluft. Sie zog einfach ihr T-Shirt über den Kopf und presste meine beiden Hände auf ihre kleinen Brüste. All ihr Witz und ihre Schlagfertigkeit halfen ihr in diesem Moment nicht.

Sie fürchtete sich vor der erotischen Begegnung, andererseits sollte meine unausgesprochene Sehnsucht nicht länger zwischen uns stehen. Sie ließ sich auf das Bett sinken, schloss die Augen und vertraute einfach darauf, dass ich in dieser Angelegenheit der Erfahrenere war.

Ich war geduldig und betont zärtlich, gleichzeitig war mein männlicher Ehrgeiz angestachelt. Ich wollte unbedingt, dass sie diese Nacht genießen sollte. Wir waren nicht wahnsinnig leidenschaftlich, aber irgendwann ist sie gekommen, glaube ich. Ich bedrängte sie nicht weiter, und sie schlummerte mit einem glücklichen Lächeln ein.

In der Früh ist sie schon lange vor mir wach. Ich hätte sie eigentlich fragen sollen, warum sie so wenig schläft. Wollte aber unser Glück nicht stören. Wir fühlten uns wie auf einer Hochzeitsreise (die ich nie gehabt habe – wir waren damals zu arm, als dass wir großmächtig auf die Pauke hätten hauen können).

Weil wir schon dabei sind: Natürlich dachte ich an meine Frau und an die Kinder. Aber diesmal wollte ich mir die Lebensfreude nicht durch ein schlechtes Gewissen vermiesen lassen. A. war übrigens auch verheiratet, lebte aber schon seit längerem getrennt von ihrem Mann. Kinder hatte sie nie gehabt, war wohl besser so angesichts ihres zarten, knabenhaften Beckens. Mutterschaft ist nicht das Schicksal einer jeder Frau.

Ihr sprühender Geist und ihr gelöstes Lachen und ihre liebevollen Blicke und ihre verstohlenen Zärtlichkeiten ... muss ich betonen, dass ich mich Hals über Kopf verliebt hatte? Sie nahm mich bei der Hand:

„Weißt du, was ich an dir am meisten mag?"

„Sprich!"

„Du bist gerade die richtige Mischung aus männlich und empfindsam – das gefällt mir."

Mmmh, das rutschte runter wie Mangoeis. Wir beschlossen, anstatt nach Bozen zurückzukehren noch zwei, drei Tage in Venedig zu verbringen. Eine richtige Hochzeitsreise, ohne Wenn und Aber!

Bloß würde meine Familie demnächst von ihrem langen Urlaub zurückkehren. An unserem letzten Abend waren wir beide triefend schwermütig.

A. hatte Tränen in den Augen, und mir ging es nicht besser. Ich wollte unsere letzte Nacht nicht mit Sex belasten. Ich warf mir ein T-Shirt über und ging auf die Suche nach einem Blumenhändler.

Die letzten Stunden würden wir in Lilienduft gehüllt verbringen.

Wir lagen schweigsam da, die Luft aus der Lagune schwül und schwer auf unseren Körpern. Wir hatten die alten, staubigen Gardinen auseinandergezogen und starrten den Dreiviertelmond an.

Unsere Finger waren so eng verschränkt, dass ich dachte, wir würden einen Chirurgen brauchen, um sie wieder zu trennen.

Eng umschlungen gingen wir zum Bahnhof. Ich nahm den Mitternachtszug zurück in mein altes Leben.

Die Asche des Alltags

9.

Der Trubel des Familienlebens lenkte mich anfangs hinreichend ab. Wir hatten Funkstille vereinbart, dennoch schickte ich Amelia ein sehnsüchtiges E-Mail. Zum Glück antwortete sie nicht.

Frau wollte ich mit meinem aufgescheuchten Gemüt nicht belasten, hätte weder ihr noch mir etwas gebracht. Zudem, warum sollte ich nicht zwei Frauen lieben können? Alles bloß eine Frage der Herzerweiterung, der Großzügigkeit, der Toleranz, der Weisheit...

Menschliche Herzen sind nicht aus Stahl gebaut, sie sind dehnbar, mal zieht es uns diese Richtung, dann in eine andere. Wenn wir einander nicht mit schweren Moralhämmern auf die Köpfe dreschen, gibt es keinen guten Grund, unsere wankelmütigen Stimmungen zu verteufeln. So hat die Natur uns gebaut – warum nicht das Beste daraus machen?

Nun spielte mir das Schicksal einen teuflischen Streich: Eines der Reisemagazine meines Verlages hatte mich zu einer bezahlten, viertägigen Südtirolreise eingeladen.

Ich sagte auf der Stelle zu und schrieb A. davon in begeisterten Tönen. Bald würden wir uns wiedersehen. Meine Botschaften blieben abermals unbeantwortet.

Wir waren eine kleine Gruppe von Journalisten, die rundum verwöhnt wurde; im Gegenzug erwartete man von uns, dass wir die diversen Hotels und Freizeitanlagen lobend beschreiben würden.

Nach der Landung in Verona kutschierte man uns per Minibus nordwärts. Übernachtung in Trient, dann ging es weiter nach Meran.

Als wir auf der Höhe von Bozen waren, machte ich unserer Reiseleiterin klar, dass ich hier aussteigen müsse, um etwas Geschäftliches zu erledigen. Sie sah mich böse an. Ich versicherte ihr, dass ich bald nachkommen würde.

Als ich vor Amelias Tür stand, klopfte nicht meine Faust, sondern mein Herz an, so wild schlug es. Doch es rührte sich nichts im Haus. Im oberen Stockwerk waren die Balken zugezogen. Zum ersten Mal in meinem Leben verfluchte ich, dass ich ohne Mobiltelefon war. Hatte nie eines dieser widerlichen Klingeldinger besessen.

Ich versuchte, von einem öffentlichen Telefon aus Gerhard, der mir damals ihre Adresse gegeben hatte, zu erreichen. Leider hob niemand ab.

Warum hatte sie mir in den Wochen seit unserem glücklichen Treffen nie geschrieben?

Ich zermarterte mir das Gehirn, was wohl schiefgelaufen war.

Ich hatte A. nie etwas vorgemacht. Schweren Herzens setzte ich mich in einen Bus nach Meran. Meine Kollegen und die ganze Reise waren mir so was von egal. Ich lieh mir ein Handy aus und rief mehrmals G. an.

Als ich ihn endlich erreichte, blieb meine Welt für einen Augenblick stehen. Ja, er wusste genau, wo A. war – nämlich in einem psychiatrischen Krankenhaus in Innsbruck. Und, nein, er hielt es nicht für eine gute Idee, Amelia zu besuchen.

In einer wilden Mischung aus Zorn und Trauer rannte ich in die Nacht hinaus. Musste denn jedes kleines Glück so bittere Folgen haben? War ich nicht schon einmal durch so ein Desaster gegangen, als eine Sommerliebelei auf einer Insel tragisch endete?

Ich verfluchte die Schicksalsgötter. Nicht bloß im Stillen. Ich streifte durch die dunklen Gassen und brüllte meine Wut hinaus.

Ja, ich hatte gewusst, dass A. ein zartes Nervenkostüm hat. Aber wir waren doch glücklich miteinander gewesen! Zu glücklich?

Der Gedanke kam mir abwegig vor, andererseits kenne ich mich in den dunklen Zonen der Seele nicht so gut aus.

Vor Jahren hatte ich begonnen, Psychologie zu studieren, aber das ganze Gebiet war mir unheimlich. Jemand mit einer gesunden Seele sollte die Verwirrungen der Psyche eher meiden, sagte mir ein älterer Professor damals, und so stieg ich noch im ersten Studienabschnitt aus.

Krank vor Glück – nein, das konnte ich nicht akzeptieren. Ich fand die Telefonnummer des sie behandelnden Arztes heraus und bat ihn um sein Einverständnis, A. zu besuchen. Ich war überrascht, dass er sofort zustimmte. Während meine Journalistenkollegen wieder zurück nach Verona kutschiert wurden, machte ich mich auf den Weg nach Innsbruck. Ich ging zu Fuß vom Bahnhof zur Klinik.

Es dauerte eine ziemliche Weile, bis der Psychiater auftauchte. Auf unserem Weg durch die Gänge wollte ich wissen, was passiert war. Der Arzt fragte mich, ob ich ein Angehöriger war. „Ja, wir stehen uns nahe". Er blickte mich durch seine dicken Brillengläser fragend an. „Nein, ich weiß nichts von ihrer psychologischen Vorgeschichte."

„Vielleicht wäre es dann besser, wenn die Patientin Sie nicht sieht!?"

„Kann ich nicht beurteilen", keifte ich zurück, „ich möchte aber erfahren, was ihr fehlt."

„Wissen Sie, was eine bipolare Störung ist?"

Oh Gott, oh Gott, oh Gott.

In diesem Augenblick schossen mir die Tränen ein. Deswegen war sie so hemmungslos aufgekratzt gewesen. Ich hatte sie gerade in einer Himmelhoch-jauchzend-Phase angetroffen und an ihrem manischen Glück teilgehabt.

Ich war mir sicher, dass sie keine Minute unseres Zusammenseins bereute. Aber warum musste sie einen so hohen Preis dafür bezahlen?

So sehr betrübt sein, dass man zum Selbstschutz in einer geschlossenen Anstalt aufbewahrt wird – welche Erniedrigung für meine intelligente, freiheitsliebende, lustige Amelia. Sie hatte auf mich nie einen depressiven Eindruck gemacht.

Ich ballte die Fäuste in der Hosentasche und konnte mir gerade noch verkneifen, mit dem Fuß aufzustampfen.

„Welche Auswirkung könnte es haben, wenn A. mich jetzt sieht", fragte ich den Seelendoktor.

„Schwer zu sagen. Ich nehme an, es besteht ein positives Gefühl zwischen Ihnen beiden."

Ich nickte bloß.

„Das Beste wäre, wenn sie einige Tage bleiben und wir zuerst einen ganz kurzen Kontakt versuchen und beobachten, wie Frau Amelia reagiert.

Je nachdem, können wir dann die Besuchszeiten langsam erhöhen."

Grrrr. Ich konnte wirklich nicht so lange bleiben. Ich hatte eine Reihe von Artikeln abzugeben, und meine Familie brauchte mich auch. „War A. schon früher hier, ich meine, wegen dieses Problems?"

Der Arzt nickte.

„Wie lange braucht es denn, bis sie aus ihrem depressiven Schub herauskommt?"

Er zögerte etwas mit seiner Antwort. „Da gibt es keine Normen. Aber einige Wochen dauert es schon, bis wir die Episode unter Kontrolle bekommen."

„Und, was löst so einen Zyklus aus?"

„Das kann verschiedene Ursachen haben, Alkoholmissbrauch, Drogen zum Beispiel..."

Ich unterbrach ihn: „Halte ich für ausgeschlossen – A. ist nicht der Typ dafür."

„Ein starkes emotionales Erlebnis könnte sie auch erschüttert haben."

Seufz. Doppel-Seufz.

War wieder einmal ich schuld? Ich wollte sie nun unbedingt sehen. Ihr Zimmer war so karg wie der Blick in ihren Augen. Sie lächelte leicht, als sie mich erkannte. Ich kniete mich vor ihr nieder und nahm ihre beiden Hände in meine. Sie löste eine Hand und fuhr mir über den Kopf. Dann zog sie mich zu sich und flüsterte in mein Ohr: „Ich liebe dich."

Als sie die Tränen in meinen Augen sah, streichelte sie meine Wange und sagte bloß, „Na, na, wer wird denn gleich". In diesem Moment kam eine Krankenschwester herein und wollte A. eine Medizin verabreichen.

Ich versuchte, den Zerberus zu verscheuchen, doch sie beharrte auf den Zeitplan. Ich sah empört den Doktor an, doch der blickte feig weg. Als das Medikament seine Wirkung entfaltete, wurde A. ganz apathisch. Ich biss auf den Knöchel meines linken Zeigefingers, bis das Blut floss.

„Ist das die hohe Kunst der Medizin?" Der Arzt konnte den bitteren Ton in meiner Stimme nicht überhören. Doch er zuckte bloß mit den Schultern wie ein Schmetterling bei seinem letzten Flug.

Ich weiß, ich war ungerecht, aber die geschrumpfte Frau vor mir war ein anderer Mensch, hatte nur noch die Hülle gemeinsam mit jener Amelia, mit der ich einige der unbeschwertesten Tage meines Lebens verbracht hatte.

Wieder zu Hause angekommen, wollte ich meine Stimmung nicht verbergen. Andererseits hätte ein umfängliches Geständnis auch nichts gebracht.

Also rückte ich mit einer Halbwahrheit heraus, erzählte von einer ehemaligen Studienkollegin, der es sehr schlecht ging.

Und dass ich plante, sie demnächst in Innsbruck in der Universitätsklinik zu besuchen. Frau nickte nur.

Aber ich bemerkte eine gewisse Blässe in ihrem Mittelmeersonne-gebräunten Gesicht, die mir verriet, dass sie zornig war. Der Ärger ließ sich nicht auf Dauer zurückhalten.

Eines Tages zischte sie aus heiterem Himmel: „Diesmal bist du zu weit gegangen." Sie hatte also doch mitgekriegt, dass ich nicht an sie dachte, wenn ich abends geistesabwesend von der Terrasse aus über die Dächer der Stadt blickte.

Ich stürzte mich in meine Arbeit und war den Kindern gegenüber besonders aufmerksam. In der Nacht wach im Bett liegend, quälte ich mich mit Selbstvorwürfen.

Mein saudummes, eitles Projekt der Vergangenheitserweckung hatte mich ganz schon reingezogen. Andererseits wollte ich die Erinnerung an die Tage mit A. nicht der Zerknirschung opfern. Ich war nicht schuld an ihrer Krankheit, selbst wenn mein Auftauchen in ihrem Leben indirekt einen Schub ausgelöst haben sollte.

Ich studierte im Web eine Reihe von Artikeln über bipolare Störung. Die Ursachen interessierten mich wenig, aber ich wollte alles über eine mögliche Heilung wissen.

Als ich A. zum zweiten Mal besuchte, war ich zu spät daran – sie wurde gerade von Verwandten abgeholt. Ich wollte mich nicht dazwischen drängen und fuhr wieder nach Hause, ohne mit Amelia gesprochen zu haben.

Sie hatte seinerzeit ihre Beeinträchtigung mit keinem Wort erwähnt. Und ich hatte sie auch nie irgendwelche Medikamente nehmen sehen.

Woraus ich schloss, dass sie ihre überdrehten Phasen nicht aufgeben wollte.

Eine romantische Vorstellung; leider ist der Preis für Ekstasen zu hoch. Andererseits war die pharmazeutische Lösung – ständig auf stimmungssteuernden Medikamenten zu sein – auch nicht gerade erhebend.

Ich wollte sie anrufen, ihr schreiben, sie treffen, wusste aber nicht, welche gefühlsmäßigen Folgen solche Aktionen bei ihr haben würden. Und ich durfte auf keinen Fall meine Familie mit reinziehen. In einem stillen Augenblick hatte ich mit dem Gedanken gespielt, ob nicht A. bei uns einziehen könnte.

Das war reichlich größenwahnsinnig. Das ganz normale Familienleben war schon anstrengend genug – die Rolle des (liebenden) Therapeuten würde mich eindeutig überfordern. Sagte die Vernunft. Mein Herz schlug aber in eine andere Richtung.

10.

In den folgenden Jahren dachte ich oft an A., hatte aber nie mehr Kontakt mit ihr. Mein Leben fühlt sich mittlerweile an wie Gefängnis mir Freigang. Ich habe unser gesamtes Erspartes in Anteilscheine an einem Großmarktzentrum investiert – das bis heute leer steht. Nur die Gemeinde klopft regelmäßig an und hebt Grundstückssteuern und andere Abgaben ein.

Mein Nebeneinkommen als Werbetexter habe ich auch aufgeben müssen; das ist eher eine Sache für junge Geister. Gleichzeitig hat das Internet mit einer Million Gratisschreibern und Bloggern praktisch meine Karriere als freiberuflicher Journalist ausradiert. Mit einem Wort: Ich bin völlig pleite, ohne Aussicht auf Besserung.

Zum Glück floriert das Geschäft meiner Frau. Ich Hausmann, sie Gesellschaftsdame. Stört mich nicht weiter. Sollte mich jemand fragen, müsste ich wahrheitsgemäß antworten: Ich bin weder glücklich, noch unglücklich. Ich achte auf meine Gesundheit und Fitness. Und über die Zukunft denke ich nicht länger nach.

Das alte Spiel der Geschlechter will ich nicht länger spielen. Wozu auch? Eine Kerbe mehr am Bettpfosten macht mich weder weiser noch glücklicher.

Nur die Langeweile drückt allmählich. Ohne Eros und Abenteuer kann man existieren, aber rechte Freude kommt nicht auf. Mir ist jegliches Ziel und jeglicher Ehrgeiz abhandengekommen.

Als ich jung und zornig war, im Hader mit der Welt liegend, wollte ich gerne ein Yogi werden. Ich investierte mein Taschengeld in Yoga-Bücher, ging zu Zen-Seminaren und lernte Transzendentale Meditation.

Mit diesen Ablenkungen konnte ich mich damals ganz gut darüber hinweg trösten, dass ich mich einsam und ungeliebt fühlte. Als ich eine leidenschaftliche Affäre mit einer wesentlich älteren Frau hatte, fühlte sich der ganze spirituelle Kram unnötig an. Hinweg mit der Meditiererei, hinein ins Leben!

Erst jetzt, wo ich auf der falschen Seite der Lebensmitte angelangt bin, erscheinen mir Weltentsagung und Klosterdasein wieder reizvoll.

Ich überwinde meine aufkeimende Menschenscheu und schließe mich einer Gruppe von Philosophen an, die sich zu langen Wochenendseminaren trifft. Dort debattieren wir stundenlang die Riege der alten Meisterdenker.

Nur einmal (ehrlich!) fühle ich mich in Versuchung, die erotische Großwetterlage zu sondieren.

Wir machen Platon durch, danach Aristoteles, Epikur, die Stoiker. Und nicht einer der Meisterdenker (nicht einer!) hält etwas von Sex. Die meisten verfluchten den Trieb als versklavende Laune der Natur, von der wir uns mit Hilfe der Philosophie befreien sollten.

Macht Sinn. Als Junger trieft man vor Leidenschaft (und ist dafür versklavt), im Alter erlischt das erotische Feuer (dafür ist man freier denn je). Diesen Handel will ich eingehen. Zum Teufel mit Eros! Zum Teufel damit!

An einem Wochenende ackern wir uns durch Platons *Symposium*. Das war ein Saufgelage, bei dem es darum ging, kluge Reden zu halten. Das vorgegebene Thema lautete schlicht und einfach: Liebe.

Einer der Anwesenden gab eine interessante Idee zum Besten – dass wir Menschen ursprünglich kugelrund waren und nur ein Geschlecht hatten. Irgendeine Sauerei des Schicksals spaltete uns in grauer Vorzeit, und seither sind wir dünn und mager und voller Traurigkeit auf der Suche nach unseren anderen Hälfte.

Die Idee eines Seelenpartners leuchtet mir ein. Der Höhepunkt der Streitreden ist aber der Vortrag des Sokrates.

Die Pointe seiner Darlegung war, dass sexuelle Lust eine Vorstufe zur Liebe sei, während Liebe wiederum eine Vorstufe zum Erleben von wahrer Schönheit wäre.

Die Älteren in der Gruppe seufzen vor Vergnügen. Ich begehre auf: „Es ist genau umgekehrt – Schönheit ist die Vorstufe zur Liebe."

Doch davon wollen Platons Anhänger nichts wissen. Liebe sei bedürftig, hatte der griechische Vordenker auf seiner Suche nach Perfektion lamentiert. Ich bin aber nicht auf der Suche nach dem Erhabenen und dem Ewigen, weshalb ich der Philosophengruppe Ade sage. Dass alle Weisen des Altertums nichts von Sex wissen wollten, gibt mir allerdings zu denken.

Ich verordne mir systematische erotische Enthaltsamkeit – alles, was mit weiblichen Reizen zu tun hat, wird von nun an peinlichst vermieden. Wenn sich ein Pärchen auf der Kinoleinwand küsst, drehe ich den Kopf weg oder mache die Augen zu. Irgendwann gehe ich überhaupt nicht mehr ins Kino.

Allmählich werden die aufreizenden Fantasien in meinem Kopf weniger. Statt Frauen reizen mich jetzt Argumente. Ein magerer Ersatz, durchaus, dafür bleibt einem auch das ganze Liebesleid erspart.

Wie gesagt, ein Tauschhandel, den ich bereit bin, einzugehen.

Diese Selbstkasteiung geht schon eine ganze Weile lang gut. Dummerweise verleitet mich die neue Entspanntheit zum dem Irrglauben, das Schicksal und ich wären jetzt versöhnt.

Da trudelt ein Brief von Gerhard ein, dem eine Todesanzeige beiliegt: A. lebt nicht mehr. Ich will vor Schmerz toben, doch kein Pieps kommt aus meiner zugeschnürten Kehle heraus. Frau ist erschrocken, als sie mich in dem aufgelösten Zustand sieht.

Sie wirft einen Blick auf den Nachruf. „Hast du sie geliebt?" Ich nicke unter Tränen, will aber nicht von ihr getröstet werden.

Die folgenden Tage laufe ich herum, als würde mir ständig jemand in den Arsch treten. Noch nie habe ich so hemmungslos geflucht. In einem Anfall von Wut werfe ich meine gesamte Sammlung an Philosophiebüchern weg. Regal um Regal, raus damit. Bücher, die noch brauchbar sind, schleppte ich zu einer Wohltätigkeitseinrichtung.

Dann kommen die alten Kleider dran. Mir ist nie bewusst gewesen, welch Genuss es sein kein, Schränke auszumisten. Aufzeichnungen, Fotos, Mitbringsel von den vielen Reisen in jungen Jahren – alles ab in den Müll.

Frau versucht, mich zurückzuhalten, aber mein Zorn ist stärker. Das wiederum macht sie wütend:

„Ich glaube nicht, dass du mich je so geliebt hast."

„Sei nicht kindisch. Du liebst doch auch deine Mutter und deine Kinder – beschwere ich mich da? Warum sollte ich nicht einen anderen Menschen außerhalb der Familie lieben?"

Auf diese Diskussion kann ich mich jetzt nicht einlassen. Mit A.'s Tod ist irgendetwas in meinem Leben zu Ende gegangen; ich fühle mich plötzlich alt und ausgelaugt. Frau beklagt sich über die leergefegten Räume. Das wiederum reizt mich zum Widerspruch: „Dann ziehen wir halt um!"

Meine alte Spontanreaktion: Erweist sich das Leben als schwierig, packe ich mein Bündel, in der Hoffnung, ein neuer Ort würde mehr Glück bringen. Ich bin zwar dort immer noch derselbe, aber vielleicht kann mich der Reiz des Neuen von alten Schmerzen ablenken.

Frau ist absolut dagegen. Sie will weder ihr Geschäft aufgeben, noch irgendwohin in die Pampa ziehen. Und ich will nicht bleiben. Mein ewiges Getriebensein kommt selbst mir schon seltsam vor.

Frau, wie so oft, hat einen brillanten Einfall. „Nimm einfach Trauerurlaub. Fahr irgendwo hin, lass dich treiben, tu was du willst."

Noch ein Einfall ihrerseits. „Wenn du Ruhe findest, schreib deinen Schmerz nieder. Mach Literatur daraus."

Gesagt, gepackt. Drei Tage später sitze ich in einer billigen Pension im Süden Frankreichs. Nicht gerade ein klassischer Tourist. Allmählich beginnt sich ein kleiner Rhythmus einzustellen – Umgebung erkunden, ein paar Gedankenfetzen notieren, dann wieder endlos langen Minuten, in denen ich einfach ins Leere starre.

Dann versuche ich, richtig zu schreiben. Literatur wird es keine werden, dafür bin ich zu sehr gefühlsmäßig eingesponnen. Aber das Von-der-Seele-Schreiben tut trotzdem gut. Mir wird der Stoff bald ausgehen. Was für ein Thema könnte ich sonst noch meinen entflammten Hirnwindungen entziehen? Ein Selbsthilfebuch für gemarterte Seelen?

Wie wäre ein „Handbuch für junge Liebhaber"? Meine Erfahrungen sind allerdings ein wenig mickrig, und meinen Schluss-folgerungen traue ich selbst nicht recht. Ich glaube auch nicht, dass sich je jemand hat abhalten lassen, so viele Fehler wie möglich im Leben zu machen.

Habe ich wirklich etwas Sinnvolles zum Thema Liebe zu sagen? Ich weiß nicht, ich weiß nicht.

Vielleicht eher ein Ratgeber für ältere Männer: „Ein fröhliches Leben nach dem Sex..."? Klingt weder ehrlich, noch überzeugend.

Für so ein Buch braucht man ein offenes, hoffnungsschwangeres Herz, meines aber ist eng und von bleierner Schwere.

In dieser Stimmung beschließe ich, meine Wunde zu säubern. Gerhard, der wie immer bestens informiert ist, beschreibt mir den Weg zum Friedhof. Ein Grab gibt es nicht, aber eine Gedenkplakette. Ich kaufe einen großen Strauß roter Rosen, egal wie unpassend das anderen Trauergästen erscheinen mag, und lege ihn an den Fuß der Steinmauer. Da sind noch andere Namen eingraviert, denen allen die Blumen gelten könnten, aber das ist mir egal. Ich murmle gebetsartig „Ade Amelia, du sensible Seele..." vor mich hin.

Beim Verlassen der Gedenkstätte spricht mich eine ältere Dame an und fragt, ob ich einen nahen Angehörigen verloren habe. Ihre Frage bringt mich wieder aus dem Gleichgewicht. Mit einem Mal erinnere ich mich an Amelias Lachen und an unsere unbeschwerten Tage, die nur deshalb so leicht waren, da wir beide keine Zukunft hatten.

Ja, Platon hatte recht gehabt. Liebe ist tatsächlich unvollkommen, da sie bedürftig ist, von Sehnsucht getrieben, der elenden Einsamkeit zu entkommen. Ohne den liebevollen Blick eines anderen Menschen wüssten wir nicht einmal, wer wir sind.

Ein Mensch, der sich nicht zu einer bloßen Idee verdünnt hat, braucht Selbstbestätigung. Romantikern wie mir ist die Suche nach einem akzeptierenden Blick immer wichtiger gewesen als die Hoffnung auf erotische Eskapaden.

Platon hatte gehofft, dass ein Teil unserer Seele unsterblich sei, voller Sehnsucht nach ewiger göttlicher Schönheit. Ein bezaubernder Gedanke. Bloß ein frommer Wunsch? Joachim Knappe hatte in seinen Aufzeichnungen *Das Glockenhaus* geschrieben: „Das Leben zählt nicht, wenn es nicht bewiesen wird."

Ich habe in der Tat etwas zu beweisen. Frau verdient meine Liebe mehr als jeder andere Mensch: Das muss ich jetzt tatkräftig zeigen. Der alte Romantiker, den ich neben A. begraben habe, hätte in diesem Augenblick nach einer frischen Liebschaft gegiert. Hätte nach dem Taumel des Verliebtseins gesucht, selbst wenn die Vergänglichkeit des Liebesrausches aus jeder dampfenden Pore sickert. Leidenschaft glüht aus und wird zur Asche des Alltags.

Warum also das Ganze noch einmal von vorne beginnen?
Um mich jung und unsterblich zu fühlen? Das kann ich nur auf Kosten der Lieben tun, die ich hinter mir lasse. Ich will nicht andere dafür zahlen lassen, dass mein Herz nicht zur Ruhe kommt.

Wer viel Leid verursacht, wird auch viel Leid einheimsen, davon bin ich überzeugt. Vielleicht nicht hier und heute, aber eines fernen Tages doch. Oder in einem anderen Leben.

Von nun an werde ich niemandem mehr aus purer Selbstsucht Schmerzen bereiten...

Ein Schimmer Freiheit

11.

Die Lebensmitte überschritten, die Kinder ausgeflogen ... welcher Leidenschaft soll ich mich jetzt widmen? Frau hat sich bereits entschieden; sie wird neben dem anstrengenden Geschäft noch Medizin studieren. Woher dieses Wunderweib so viel geistige Energie nimmt, weiß ich nicht.

„Ist dir schon klar", versuche ich sie zu bremsen, „dass du künftig vom 1. Januar in der Früh bis zu Silvester rund um die Uhr eingespannt sein wirst?"

Sie schenkt mir einen lächelnden Blick aus haselnussbraunen Augen und nickt. Ich seufze so laut auf, dass unsere Nachbarn die Rettung alarmieren.

Frau hat einen Trost für mich parat: „Schau, ich verdiene genug für uns beide. Du unterstützt mich, indem du den Haushalt machst, den Rest der Zeit kannst du wie Sokrates leben."

Damit bin ich einverstanden. Gelegentlich treffe ich meine alte Philosophenrunde und verfasse diverse Traktate über Gerechtigkeit und die Suche nach Seelenfrieden. Das geht ganz gut. Keine Irrlichter trüben den inneren Frieden.

Bis eines Tages Eros anklopft.

Eine hübsche Nachbarin hat mich angelächelt und kurz meinen Unterarm gestreift. Jetzt kann ich nicht länger theoretisieren, Ehrlichkeit muss her:

Will ich wirklich die alte Sehnsucht nach körperlicher Vereinigung für die Freiheit des Philosophen eintauschen?

Ja oder nein? Beides ist nicht zu haben. Bin ich in der Lage, die dünne Luft vergeistigter Liebe zu atmen?

Leidenschaftliche Umarmungen haben etwas Tröstendes, etwas Unmittelbares und Ehrliches an sich – aber man kann sich auch zu viel davon erhoffen.

Jeder, den ich je gefragt habe, hat immer voller ernster Überzeugung gesagt: Mir ist Freiheit absolut wichtig. Ich mag's nicht recht glauben. Wir alle hängen immer an etwas – am Einkommen, an schönen Dingen, an der guten Meinung der Leute über uns. Wir tragen lange Listen von Begierden und Wünschen mit uns herum, wohin wir auch gehen.

Wie kann man da guten Gewissens behaupten, frei zu sein?

Im Internet bin ich kürzlich auf den Blog einer rumänischen Schachmeisterin gestoßen. Unter der Überschrift „Die Währung der Freiheit" hatte sie folgendes notiert:

Wo nichts sicher ist und all mein Tun auf Instinkten statt vernünftigen Überlegungen beruht, ist es seltsam, Leute zu treffen, die ganz sicher sagen können, was sie in fünf Jahren tun werden. Ich weiß nicht einmal, wo ich morgen sein werde...

Ich träume von bedingungsloser Freiheit, dass ich mein Schicksal treffe mit nichts als einen Rucksack am Rücken und einen Lächeln im Gesicht, während mich der Wind vorantreibt.

Mit 21 kann man noch solch große Töne spuken. Dennoch ist diese blutjunge Frau weise genug, zu ahnen, dass der Moment kommen wird, wo die größte Freiheit darin besteht, eben diese Freiheit zugunsten eines Rufs des Schicksals aufzugeben. Ein Preis, den man bereit sollte, zu bezahlen...

Jedenfalls scheint mein Programm zur Freiwerdung zu funktionieren. Jeden Gedanken an sich windende Leiber banne ich systematisch aus meinem Gehirn. Wir Menschen müssen die Erotik erlernen, warum sollte man sie nicht auch verlernen können!? Damit ist bloß ein kleines Problem verbunden.

Mir ist jeglicher Vorwärtsdrang verlorengegangen, jegliches Streben und Verlangen. Ich habe keine Ziele und keine Wünsche mehr. Ich lebe wie eine Qualle.

Muss ich wirklich jedes Begehren im Namen der Freiheit loswerden? Ich fange an, mit mir zu hadern, mich zu fragen, ob ich hier nicht einen zu großen Preis bezahle.

Auf der Plusseite ist ein gewisser geistiger Frieden zu registrieren, den ich nie gekannt habe.

Einfach einmal nichts herbeizuwünschen und nicht ständig mit dem eigenen Leben unzufrieden zu sein. Andererseits kann ich nicht länger vor mir verbergen, dass bleierne Lähmung in mein Gemüt gekrochen ist.

Ich habe den Eindruck, dass nach und nach meine Vitalität und meine Lebenslust schwinden. Seinerzeit war ich frohen Gemüts bereit gewesen, meine Freiheit für das Glück einer Familie einzutauschen.

Ein gutes Geschäft, zweifelsohne. Aber war das nicht eine zeitlich begrenzte Abmachung? Ich widme 20 Jahre meines Lebens dem Aufziehen der Brut, dann sind die Kleinen eines Tages flügge, und ich bekomme meine alte Freiheit zurück. Wenn ich mich so im Bekanntenkreis umblicke, habe ich nicht den Eindruck, dass Familien so funktionieren. Sieht alles eher nach lebenslanger Verpflichtung aus.

Ich sitze am Fenster und sinniere über das vorbeieilende Leben.

So sehr ich auch meine Erinnerungen zu unterdrücken versuche: Bilder von jungen Tagen in der Sonne, Szenen von ausgelassener Liebelei tanzten in meinem Kopf wie Hexen auf der Walpurgisnacht. Selbst Herzschmerz kommt mir an manchen Tagen verführerisch belebend vor.

Von all diesem Verlangen muss ich mich befreien, wenn ich *wirklich frei* sein möchte.
Will ich das aus ganzem Herzen?
Andererseits: Sind nicht meine alten Selbste ohnehin gestorben? Ich hab' mit dem Jung-Benno nichts mehr gemein!? Oder?

Da ist noch etwas, das mir zu schaffen macht – knirschende Knochen. Mit dem Altern komme ich überhaupt nicht zurecht. Selbst Laufen fühlt sich nicht mehr gut an; bleierne Beine und schmerzende Knie und keuchende Lungen motivieren nicht gerade, sich Kilometer um Kilometer dahin zu quälen.
Irgendwann kommt der Punkt, an dem man sich unweigerlich fragt: Warum tu ich mir das eigentlich an?

Nun macht sich noch ein gesundheitliches Problem bemerkbar. Panik! Ich und krank? Ist das ein Teil meines Schicksals, das ich entspannt hinnehmen muss?

Nein, so frei will ich nicht sein.

Allerdings ist es mir doch zu blöd, ins lokale Muskelaufpumpstudio zu traben und künstliche Hormone einzuwerfen, bloß um weiterhin jung zu erscheinen.

Da bleibt mir nichts anders übrig, da ist ein Canossagang ist fällig. Dass es ein echter Leidensweg werden würde, erweist sich in dem Moment, als ich auf seiner Behandlungscouch liege und die erste Nadel in mich einfährt wie ein gut geöltes mittelalterliches Schwert in einen weichen Wamst.

Eine Umfrage unter den ortsansässigen Chinesen, wer der beste Akupunkturkünstler in unserer Stadt ist, hat zu einer eindeutigen Antwort geführt: der *Schlächter*. Kein Scherz, sie haben ihn wirklich so genannt.

Von seinem Schreckensruf lasse ich mich nicht abhalten. Ich habe schon so oft in meinem Leben Akupunkturnadeln ertragen, dass ich mich davor nicht fürchte. Der Schlächter hat seinen Spitznamen allerdings zu recht: Der treibt die Nadel so tief hinein, bis einem die Schmerzenstränen einschießen.

Dann dreht er sie noch ein Stück tiefer, bis selbst der härteste Kerl zwischen zusammen-gebissenen Zähnen Schmerzlaute von sich gibt. Dann stößt er sie noch ein Stück weiter rein.

Er hört erst auf, wenn man lauthals vor Schmerzen brüllt. „Heilung schneller so", ist seine Standardbemerkung.

Dann stülpt er seinen Patienten einen Kopfhörer mit Musik über die Ohren.

Beim Hinausgehen wirft er dir noch eine schwere Decke auf die Nadeln, sodass selbst die geringste Bewegung erneut Schmerzwellen auslöst. Gelegentlich setzte er Strom ein, bis die Nervenbahnen glühen.

Jeder Richter auf dieser Welt würde solcherart Praktiken ohne Zögern als Folter einstufen. Aber der Mann hat medizinische Erfolge, und so pilgern tapfere Fräulein und Männlein zum Schlächter.

Anfangs denke ich, daran kann man sich gewöhnen. Doch die Schmerzen scheinen von Mal zu Mal zuzunehmen. Zum Glück weiß ich nicht, dass mir die schlimmste Behandlung erst bevorsteht.

Dieses Mal setzt er Schröpfgläser auf die tief steckenden Akupunkturnadeln, was diese natürlich noch tiefer hineintreibt. Die Schröpfdinger kommen zwar nach ein paar Minuten wieder herunter – aber dabei fallen auch die Nadeln heraus. An deren Stelle müssen nun neue Piekser hineingezwirbelt werden. Ich bin mir sicher, man kann meine Flüche noch eine Straße weiter hören.

Eine Stunde liege ich bewegungslos da, dann entfernt der Folterknecht die Nadeln und beginnt, meinen steifen Rücken heftig zu massieren. Stöhn.

Und dann setzte er noch einmal seine Schröpf-instrumente an. Das fühlt sich diesmal an, als würde die ganze Haut sich vom Fleisch lösen.

Vor Jahren, als ich intensiv Kung Fu trainierte, begegnete der Meister meinen Schmerzensrufen mit der coolen Ansage: Falsche Einstellung! Du darfst nicht denken, ‚Das tut weh'. Du musst dir stattdessen sagen: ‚Ist das alles?'.

Als mir diese Worte einfallen, kann ich nicht anders, als laut herauszulachen. Für einige Augenblicke vergesse ich komplett meinen gemarterten Rücken.

Auf dem Heimweg frage ich mich aber, ob nicht ein kleiner Masochist irgendwo in mir haust. Bin ich eine Drama Queen (und wage es nicht, mir einzugestehen)? Oder ist das Ganze eine Art raffinierter Selbstbestrafungsaktion...?

Ich erzähle das nur deswegen, weil ich noch zusätzlich eine Kräutermedizin mit dem Namen Yin Yang Gao verschrieben bekomme. Auf dem Flaschenlabel steht daneben in englischer Übersetzung *Horny Goat*.

Klingt recht eindeutig. In der Tat hat der Arzt mir eingeschärft, meinen Schwengel in der Hose zu behalten.

Ich werde die neu gewonnenen Vitalenergie brauchen, um zu gesunden und meine alte Stärke wieder zu gewinnen. Dann werden auch meine trüben Gedanken verschwinden, hat er versprochen.

Mir ist nicht ganz klar, wovon er redete, aber nach ein paar Tagen Kräutermedizin fällt mir auf, dass ich angefangen habe, von Sex zu träumen. Ich glaube, ich habe mein ganzes Leben nie erotische Träume gehabt. Und nun wache ich morgens mit einer Latte auf und weiß nicht, wohin damit.

„Frau, kann ich meinen Ständer bei dir parken?"

„Hat dir der Arzt nicht von Sex abgeraten?"

Arrrggg.

Zwecks Ablenkung beginne ich, meine erotischen Erinnerungen aufzeichnen (und unter dem Einfluss der Droge auszuschmücken). Die Arztbesuche kommen allmählich teuer, die Medizin ist auch nicht billig, und die Schmerzen sind wirklich nicht mehr auszuhalten.

Nach ein paar Wochen Geile Geiß-Medizin wird mein Körper spürbar heißer. Selbst meine sonst kalten Hände und Füße fühlen sich plötzlich warm an.

Ich suche den Schlächter ein letztes Mal auf, um Futter für eine Lüge zu haben. Nach der Tortur humpele ich nach Hause und sage strahlend:

„Meine liebe Frau, der Doktor hat mir zur Beschleunigung meiner Gesundung eine Dosis Horizontalertüchtigung verschrieben!"

„Na, mein Lieber, dann komm und lass uns keine Zeit verlieren..."

***

Sollte ich eines – hoffentlich sehr fernen – Tages unter einem Grabstein ein wenig Ruhe finden, würde ich mir folgende Worte als Nachruf eingemeißelt wünschen:

Schönheit zieht uns unwiderstehlich an...

Doch Schönheit und Eros gehören der Jugend.

Im Alter bleibt uns zum Kuscheln nur die Erinnerung. Das ist das Glück warmblütiger Menschenherzen.

Warum sollten wir damit nicht zufrieden sein?